Blu Atlantide
2

Circonvallazione Clodia, 163
00195 - Roma

Prima edizione: luglio 2020

Gli interni di questo libro sono stampati su carta avorio Fresia da 80 gr.
della cartiera Stora Enso.
La copertina è stampata su cartoncino usomano Dolce Vita da 270 gr.
della cartiera Favini.

Progetto grafico di copertina: Francesco Sanesi
Redazione: Enrico Bistazzoni
Progettazione e design: Francesco Pedicini

979-12-80028-01-3

www.edizionidiatlantide.it

Alessandro Valenti

Ho provato a morire e non ci sono riuscito

1

Vabbè, adesso è tutto cambiato. Sto con Aurora, al polso ho il braccialetto che mi ha regalato l'ultima volta che sono sceso a trovarla. C'è una targhetta con scritto «Her King» e, vicino, un cristallo azzurro. Ma due anni fa... Erano giusto due anni fa. Primavera maledetta del 2017. Erano questi i giorni in cui stavo impazzendo. Come ho fatto a non finire in galera, o all'inferno, convocato direttamente dal suo Principale, non l'ho ancora capito.

Prima foto: Emma con il vestito nero a maniche corte, in testa il diadema da bambola, che nasconde la faccia nella mia spalla. Io con un fazzoletto arancione nel taschino intonato ai riquadri della giacca. La camicia bianca. Il ciuffetto a onda in parte smaltato di gel. Sul tavolo del ristorante c'è una torta con i riccioli di panna e due candele rosse. Uno e quattro. Quattordici.

Seconda foto: io e lei a Ostia con gli aghi neri dei pennoni delle barche sullo sfondo, la torre tozza del faro, il giallo del tramonto. Le scie degli aerei che rigano il cielo; due più chiare e grosse fanno una X larga perfetta. Io con il ciuffone di cinque centimetri tenuto su da tre chili di gel. Sta cominciando la metamorfosi...

Terza foto: qui il fotografo non c'è. Qui ci sono solo io con la testa che gira, che mi mordo il pugno dalla voglia di tornare giù dal treno e bruciarle la macchina. Io che le ho appena scritto su WhatsApp per ringraziarla del bel weekend passato insieme, tutto bene, poco tempo da soli, vabbè, il resto a girare per Anzio e nell'eterno centro commerciale in cui si andava ogni volta con sua mamma e Mario, il compagno di lei, quello che mi dava da dormire in una camera con le lenzuola della Riomma. Un buon uomo, porello. Riommanista, ma un bonaccione. Mi chiudeva sempre l'acqua calda, perché in effetti facevo delle docce lunghe, la domenica mattina. Diceva che c'era un guasto, ma non era mica vero. In realtà voleva risparmiare. Di soldini ne aveva pochi. Erano un po' poveri tutti, lui, la mamma di Emma, suo fratello matto. Quello sì che era un matto vero.

Che famiglia… particolare. Il padre non l'ho mai conosciuto. Emma diceva che era un tipo all'antica, severissimo. Che la controllava e lei non poteva mettere su Instagram le foto con me. Anche sua mamma era vagamente partita coi nervi, ma più stramba che cattiva. Anzi. Mi ha sempre trattato con gentilezza. Prima che esagerassi proprio, insomma. Era contentissima, quasi onorata, che stessi con Emma. Piccolina, il caschetto di capelli biondo-parrucchiere. Gli occhi erano strani, lo vedevi, con quella luce velata, tipo di chi si fa le canne. Forse andava ancora avanti a psicofarmaci, dopo il periodo balordo che era seguito alla separazione, quando era stata un po' dentro e fuori dall'ospedale.

Emma ha preso il cuore duro dal padre, ma se le toccavi certe corde impazziva. Aveva paure totalmente irrazionali. Prima di dormire, prendeva delle cose omeopatiche contro il panico. Bisognava solo trovare la fessura nella pietra e partivano i loop. E infatti…

Ma io, io cosa ci trovavo? Appunto. Forse le labbra. Il viso da cucciola, che non ti saresti mai aspettato da lei certo cinismo. So solo che partivo con il Frecciarossa direzione Roma Termini e scivolavo giù per l'Italia come se fossi stato sul bob, stesso gusto, e poi prendevo il regionale per Ciampino. Non me ne fregava niente dei soldi. Che Alessandro Valenti venisse da un appartamento di 285 metri quadri a Verona, a due passi dalla Casa di Giulietta, e lei stesse in un bilocale delle periferie sbandate, dove le lenzuola stese salutavano quelli dei viaggi a Dubai, a Parigi, a New York. Non me ne fregava, forse perché i soldi non mi erano né mancati né ne avevo mai avuti troppi in mano, una via di mezzo per cui praticamente li ignoravo, e non c'era stato nessuno che mi avesse insegnato a misurare la gente dal conto in banca. I soldi erano l'ultimo pensiero. Il primo era Emma. Alle sette immusonite del mattino. Il cellulare sempre attaccato. Alle undici, all'inizio, poi a mezzanotte, all'una, dopo il secondo film che mi guardavo in streaming. Mi piaceva mandarle audio, messaggi, guardarmi e riguardarmi le foto che mi inviava, con i capelli arricciati, con l'amica che strabuzzava gli occhi, con gli hot pants. E cuori, un diluvio di cuori. E se la doccia, da Mario, la facevo più lunga e consumavo troppa acqua calda era perché pensavo che entro un'ora l'avrei vista e che mi ero fatto l'Italia in bob da Verona a Roma, e adesso ero a Roma, anche se Roma era poi Ciampino e non il Colosseo, i Fori, Trinità dei Monti, anche se Mario tifava Riomma e io Lazio, anche se quelle lenzuola erano color vomito. Anche se mi portavano sempre al centro commerciale con la Citroen C1 che faceva zigzag nel serpentone di auto del GRA, anche se la mamma di Emma faceva gli ossibuchi che erano più buchi che osso, più grasso che altro, e io mangiavo appena un coriandolo di carne annegato in una gelatina viscida. O il cuscus pronto, solo da versarci sopra l'acqua bollente. Non so perché, era bello.

In quella stramaledetta foto senza il fotografo ci sono io sul treno appena partito che vedo ancora la sua macchina nel parcheggio e lei che mi ha appena risposto con un cuore e poi «Devo pensarci». «A cosa?», chiedo, con i tre cuori che praticamente si scrivono da soli. «Se ti amo o se sei più come un fratello...». Bonk. Dentro la testa ho un luna-park di nebbia e giusto quelle due tre cose che avevo fatto finta di non vedere.

Quarta foto. Questo è un selfie, ma io non sono più io – e non è uno stupido modo di dire. Io adesso sono Giovanni De Carmine, madre russa e patri siciliano. Cresta un po' più corta appuntita sulla destra, Ray-Ban made in China a specchio oversize, collanona d'oro (sempre cinese) che mi arriva fino allo stomaco (vuoto, perché vomito più di quello che mangio, in 'sto schifo di periodo), il coltello fregato alla bancarella dei russi, a Santa Lucia, che mi preme sulla coscia destra. Me l'ha affilato senza fare troppe storie sui centimetri della lama un tipo che mi ha fatto una conferenza di mezz'ora sui coltelli a serramanico e le acque di colonia dei primi del Novecento. In tasca ho anche il biglietto da visita di un suo amico calabrese che ogni martedì sera tiene un corso su come usare i coltelli «per autodifesa».

Ma prima lo sfondo.

Verona centro, le vie piene di turisti ogni giorno dell'anno, anche quando nevica sul marmo di via Mazzini e si rischia di finire distesi per terra, anche quando l'Adige è una colata di marrone che sembra voler spezzare i ponti a metà. Abito in una casa parecchio bella. Nella sala ci sono tre colonne di un convento del Quattrocento e i soffitti a cassettoni pieni di asterischi dorati. Ecco, dal corridoio alle camere il livello si abbassa parecchio, ma tutti i compagni di classe che invitavo, quando mia madre o mia nonna (sempre vissuto anche con i nonni e la zia) aprivano la porta… cominciavano a tenermi in seria considerazione.

In famiglia siamo una carovana. Ho due fratelli maschi, uno di un paio di anni meno di me, Giulio, che è praticamente il mio gemello. Stesso letto da piccoli, uno a destra, uno a sinistra della mamma. Stesse bici. Stesso fango di fiume sulle ciabatte e in faccia. Con lui vado un sacco d'accordo, anche se siamo opposti in tutto. Io ho la faccia del nord e il cuore del sud, lui il contrario; io ti posso sfinire di discorsi, lui giusto con me cava qualche parola in più, sennò si arrangia a suoni con l'aspirazione finale, «mah», «boh», «bah»; io difesa, lui attacco (però mi lascia sempre comandare, bravo picciotto). L'altro, Matteo, è un bimbo, ha cinque anni. E poi, adesso, c'è Alice. Mentre impazzivo, la vedevi solo se eri proprio un ficcanaso di quelli buoni a fare il bozzolo dietro la pelliccia della mamma. Ecco, mia madre e mio padre li lasciamo stare o tra un mese siamo ancora qua.

Due anni fa avevo avuto l'idea incredibile di cominciare il liceo classico. Non fraintendetemi, per piacere. Rispetto totale per Roma e la Grecia, per il mio grande omonimo, per Socrate, per Pericle. Rispetto per la letteratura, per i poeti (ci sono poesie che mi fanno impazzire da sempre), per chi ha la pazienza di studiare tre quattro ore al giorno minimo, ma io mi sentivo morire con tutte quelle declinazioni, desinenze, prefissi, accenti, lunghe, brevi, perispomene, parossitone, proparossitone, properispomene. Avevo cominciato a fumare sigari a manetta, pure di buon mattino, a stomaco semivuoto. Arrivavo a scuola lasciando una scia di tanfo da pensionato. Non so come facessi: la volontà è potente. L'altro giorno ho dato due tiri di un Montecristo che ho trovato su una panchina ancora impacchettato e mi girava la testa. Credo c'entrassero le perispomene. No: le parossitone. No: le proparossitone. O il trocheo. Il trocheo finale.

E quando si comincia male… Non sono mai stato troppo bravo con gli errori. I miei errori non sono semplici errori. Sono mostri, sono stelle comete con uno strascico che solca tutto il cielo, e più ne faccio e più diventano grandi, immensi, mitologici, che non si sa neanche da dove sono cominciati. In un anno ho cambiato tre scuole ed è meglio che non vi dica com'è finita. Ma finché si prende sei e mezzo in fisica c'è speranza.

Emma è spuntata, diciamo, tra una perispomena e le lezioni private di francese con cui provavo a recuperare il gap con quelli che il linguistico lo avevano scelto da subito. Era la prima con cui stavo sul serio. Le ragazze dell'estate non contano. Appena le abbracciavi, già ti stavano salutando dalla macchina in partenza. E poi niente. Non ci credevano alle storie a distanza. Non volevano cose dove si soffre. Per una decina di giorni, tra settembre e ottobre, c'era stata la Bionda ad ammazzarmi la malinconia di fine estate (che a me, fin da piccolo, è sempre durata almeno un paio di mesi. Di solito spuntava il trentun luglio con le more di rovo, quando sul display del cellulare, a mezzanotte, vedevo scattare il primo di agosto), una con la frangiona enorme e la voce impastata di dialetto, che veniva dal paese più lontano di tutta la provincia. Avevo anche provato a controllare le corriere: un disastro. Ammesso che a uno di quattordici anni ancora da finire permettessero di girare per le campagne venete senza fare storie.

La Bionda aveva un concetto della fedeltà diciamo elastico. Sembra impossibile ma tutte le ragazze delle cosiddette famiglie bene, con i loro risvoltini sulle caviglie secche e il loro aperitivo del sabato in piazza Erbe, erano così. O sennò erano represse che se provavi appena a sfiorarle saltavano su come indemoniate. Bah, direbbe Giulio. Con l'ultima ci siamo mollati via WhatsApp l'ultimo dell'anno, mentre stavo a casa di un amico – poi pure lui rivelatosi traditore lercio suino demmerda – a sparare petardi e a (guardarlo, per lo più) bere. 2016 che finiva in bellezza.

E poi c'era Emma di Roma.

In bocca avevo di continuo il sapore di lampone dei cuori sul display del cellulare.

Un vocale. Dieci vocali.

Una telefonata.

E la data che da allora è la password di tutti i miei aggeggi elettronici, l'unica che non posso scordarmi, il giorno infame in cui ci siamo fidanzati. A distanza, vabbè. 05/11/2016. 05112016: la digito a occhi chiusi.

No. Un attimo.

Così sembra semplice. Ma con lei non è stato mai semplice niente. Né prima. Né durante. Né dopo. È stato tutto difficile. Da perderci il fiato. Da non sentire neanche più il cuore quando mi distendevo a pancia in giù, solo un vuoto cavo. Fin dal primo minuto.

Mi ha spiazzato, tormentato, fregato. Io ero lì che masticavo la cioccolata, con il dolce che mi stava imprigionando la lingua, l'espressione ebete di soddisfazione, e appena facevo per mordere il tondo della nocciola sentivo scaricarmisi dentro quel fastidio così assurdo che sarei tornato indietro ai due secondi prima: i malefici del «controllo qualità» ci avevano lasciato dentro un frammento di guscio.

Ma con tutte è stato difficile. Sempre.

Avevano sempre almeno un problema per cui lasciarmi l'amaro in bocca. Emma, quelle di prima, quelle di "mentre". Sì, be', ci sono stati dei "mentre".

Mentre la Bionda mi scriveva «ti amo» sulla felpa con le tettine, mentre, nel sole biondo dell'una, appena usciti da scuola, marchiava tutte le mie camicie con il suo profumo limited edition, io ero fidanzato al telefono con una certa Virginia di Roma. Cioè, della stessa periferia di Roma di Emma. Ma Virginia i soldi li aveva. In abbondanza. Non so precisamente fatti come, ma li aveva, e aveva un villone con palestra che mi mostrava sempre in foto, e faceva il classico dai Salesiani, e aveva un padre che sembrava il fratello gemello di Jack Sparrow ed era lui che era riuscito ad arricchirsi. Forse aveva disseppellito un forziere di dobloni d'oro prendendo a badilate l'Isola Sacra.

Non dico che fosse un delinquente delinquente. Magari era semplicemente uno di quelli – dei molti – legalmente malavitosi.

Virginia era... Virginia era un sipario di capelli neri e una quarta di reggiseno (come Emma) fin troppo ben infagottata, un bel culo (come Emma) che faceva cucù giusto in una foto di gruppo.

Virginia era un sacco di chiacchiere. Aveva un sacco di idee sue su tutto. La storia te la spiegava lei. La politica te la spiegava lei. La crisi te la spiegava lei. Il sesso... Anche quello te lo spiegava lei. Ma non che abbia mai messo un frammento di braccio nudo più del necessario, nelle foto, non un'ombra di coscia in più, non una trasparenza da cui si potesse indovinare il suo pancino di velluto. La cosa più porno che mi ha mostrato erano le labbra, che il rossetto imbalsamava in un sorriso da Joker.

Il suo sesso era un'espressione piena di parentesi che scoppiavano in altre parentesi. Efficaci, però. Trascinanti.

Io mi drogavo di quelle parole, e più mancava la carne, più le sue parole, insincere e frenetiche, tumultuose e spavalde, insinuanti e bizzose, clamorose e allusive, si fermavano a vibrarmi un millimetro sotto la pelle. La punta delle dita crepitava di elettricità sul ghiaccio luminoso del telefonino.

Virginia mi ha instupidito e poi è arrivata Emma, la sua migliore amica. Ovvio che così le è stato facile.

Capito il tipo?

2

È la realtà il problema, non la «realtà virtuale». Il vetro temperato te lo dovrebbero mettere alla nascita, al posto del camicino di seta. L'unica cosa è non passarci proprio troppe ore, sul telefonino, ma appena lo scopri ti dà una carica pazzesca. Tutta quella che succhia dalla presa elettrica. Pure il quotidiano è più figo leggerselo sul cellulare, dove c'è un corpo a corpo vivo tra te e quello che succede. La gente che hai conosciuto in una vita, da Hannover ad Acireale, a portata di mano. Ragazze che si cambiano, e cambiano, in continuazione, e aspettano i tuoi like. Sì, mi piaci. Tu. E tu. E tu. Il pollice parte in automatico. Mi piaci. Mi piace.

A scuola c'è mai qualcuno che ti chiede «ti piace»? E sul lavoro? Ci sarà?

Ovvio che alla fermata dell'autobus sono tutti curvi sullo smartphone. Almeno possono navigarci con tutto il loro cuore, compresa la sacca velenifera delle miriadi di haters. Almeno lì si cerca la bellezza – Mado', che gnocca! – si sogna l'amore – con il dating, o scrivendo odissee di nostalgia per qualche ex – si insegue il divertimento, la scoperta, la sorpresa. In una "realtà", dove occorre essere sempre e solo razionali, tattici, circospetti, dissimulatori, bugiardi, ruffiani, cauti fino alla castrazione, freddi più dei bidoni di azoto liquido, chi può avere troppa voglia di starci?

Qualcuno deve avere per forza sbagliato qualcosa, in un

punto della storia che varrebbe la pena cercare, se il telefonino è così più bello.

La mattina di agosto che al mare, a dodici anni, mi hanno fregato il mio iphone 4 è stata una delle più buie della mia vita.

Mark, Mark Zuckerberg, genio puro, campione degli psicologi, tu lo hai capito che noi abbiamo solo voglia che qualcuno ci chieda «Ti piace?». «Non ti piace più?». Io te la consegno volentieri la mia anima, come ho sempre fatto, e anche gli annessi e connessi della mia privacy da girare alle multinazionali.

Una sera, piovosa da noi, tiepida a Roma, a Virginia viene l'idea di presentarmi la sua migliore amica. Emma. Nome soffice, fragrante, un po' antico.

E subito succedono due cose. Uno: Virginia mi scrive chiedendomi una mia foto in mutande.

Lì per lì non ho il minimo sospetto. Come facevo a indovinare che il telefonino di Virginia era nelle mani morbide, calde, tra i polpastrelli paffuti, in balia dei pensieri cattivi di Emma?

Mi metto davanti allo specchio del bagno, studio bene la geometria, la trigonometria, ruoto di qualche grado il telefonino sul suo asse perché ombre e luci rendano al meglio – e scatto. E invio.

Seconda cosa strana: su Instagram trovo la richiesta di una certa Emmamicia03. Ovvio che accetti. Ma sì: seguimi, micia. Le faccio anch'io la richiesta di seguirla. Lei non accetta. E per un po' non la sento più.

Solo dopo Halloween si rifà viva, accettando la mia richiesta.

Il cinque novembre, all'una meno un minuto, mentre sto ficcando il diario nello zaino con un castigo dantesco di quindici frasi di greco da tradurre, mi manda una foto.

«Secondo te sono carina?», chiede.

«Cazz!», rispondo. Sono sincerissimo. Mi piacciono gli occhi, di un verde chiarissimo, quella faccia graziosa senza essere affilata, che anzi è morbida e ha una dolcezza vagamente horror; non tanto i capelli lisci castani portati tutti da un lato, o il fisico che sotto il giubbino non si capisce benissimo.

Le mando una mia foto fatta nei bagni di scuola, con la felpa grigia e il cappuccio.

Risponde subito. Faccina con gli occhi a cuore.

«Svengo perché sei troppo bono».

Due faccine con gli occhi a cuore. «Dici davvero?».

«A bonoooo», insiste lei.

Saluto veloce Eleonora. No, oggi non l'accompagno alla fermata della corriera.

Emma mi manda un selfie scattato sullo specchio dell'antina di un armadio. Ha una canottiera nera arrotolata, un paio di jeans bianchi corti sfilacciati. Vedo quello che non sapevo e certo che è carina. Certo.

Le mando un selfie in bianco e nero che avevo fatto allo specchio nella sala di casa mia. Ho il vestito con la giacca nera e la camicia azzurra. Dietro ci sono le poltrone piene di riccioli sugli schienali e il vaso di cristallo con le rose bianche e i carciofi finti.

La vecchia con il Jack Russell che becco praticamente un giorno sì e uno no mi guarda male mentre accendo un Romeo y Julieta che mi fa socchiudere gli occhi.

Emma mi manda il primo piano delle sue labbra arricciate in un bacio sul quadratino della fotocamera.

Butto giù la saliva.

Non passa più nessuno.

I miei compagni sono in fondo all'altro marciapiede.

Respiro il dolce piccante del sigaro. Sono già lì che mastico le labbra di Emma e lei mi stringe in un bacio succoso, e io le dico mordimi, ma ha denti di gomma che invece accarezzano. La sua saliva mi fa piccoli mulinelli nello stomaco.

Le mando un selfie a torso nudo. Viso con il mento piegato davanti allo specchio con la cornice dorata del bagno, cellulare con la cover del *Padrino*.

In pochi minuti ci mettiamo insieme. All'uscita di scuola: la mia e la sua. Una riga di cuori colorati è l'anello che ci arrotoliamo al dito. La faccina che arrossisce il nostro sorriso ai fotografi.

Ci amiamo mentre mangio la pastasciutta, che ormai è una colla fredda. Con la sigaretta setosa del primo pomeriggio.

Guardo e riguardo le sue foto. Ha occhi disarmati, e come lontani, con un puntino di luce di chi vede cose bellissime.

È una bambina con occhi da ragazza.

Più la guardo e più mi sembra bella.

È un colpo di fortuna bestiale che sia mia e solo mia. In barba alla Sandrin, che era indecisa tra il 5 e il 6 in storia e alla fine mi ha dato 5 perché mi sono inceppato sull'homo qua e l'homo là; a Riccardo, che l'anno scorso comprava i sacchetti di patatine e li buttava nel cestino per mostrare quanto fosse ricco, e ha passato la ricreazione a descrivere la villa di suo padre a Cortina, la seconda più lussuosa di Cortina, e a lisciarsi i calzetti Ralph Lauren, e a trotterellare nelle scarpe Stan Smith, e a stiracchiarsi per mostrare la fibbia della cintura Gucci, e a girare il polso per guardare il Rolex, e a scrollare il polsino della camicia Moschino per rimetterlo a posto, e ad aspettare la Lotus che se lo viene a pigliare, e comunque nessuno si sogna di sputargli in faccia o di dargli una ginocchiata sul cavallo dei jeans Armani fino a spappolargli quello che (forse) c'è sotto i boxer Calvin Klein.

È incredibilmente bella, con quella smorfia impercettibile dell'angolino destro della bocca carnosa, i fili di capelli lisci che le franano sugli occhi.

Non ho tempo per fare greco; traduco le parole una per una con il primo significato che trovo sul vocabolario. Poi scappo in autobus per andare ad atletica.

Ripetute, flessioni, addominali, il materasso dei salti. Le costole che volano via negli ultimi mille. Mi piegò a respirare grosso nel buio che sa di fumo, ingrigito da un accenno di nebbia. Butto l'occhio sul telefonino e trovo tipo trenta massaggi non letti. Sono quasi tutti di Emma.

Appoggio l'orecchio sul vocale.

C'è lei che piange come una cucciolina ferita.

Respiro a bocca aperta. Lei tira su con il naso. Dice che sta male.

Appena uscito dalla pista, riascolto il vocale. Premo il fumo del sigaro in basso in basso, perché arrivi fino in fondo alla ragione per cui fumo.

È proprio un pianto di micia debole e indifesa.

Mi racconta di quel suo fratello pazzo, di ventinove anni, che sta a casa tutto il giorno, che non fa niente perché lo hanno buttato fuori da tutti i lavori. Che la controlla e vuole fare il suo padrone. Che le urla dietro se la vede con il cellulare.

Non piangere, povera micia – penso, molto più forte di quanto non riesca a scrivere.

Andai dalla tabaccaia mia amica a farmi vendere un'altra confezione di sigari. Toscanelli. Amari amari. Sigari da vecchi.

Un altro avrebbe rotto. Subito. Appena sentito odore di pazzia, odore di sopruso, odore di disagio. Avevo i pensieri impastati nella gomma dei sigari, i passi stretti nella camicia di forza della stanchezza, prigionieri del buio umido che cercavo camminando fuori dai portici, collezionando maledizioni di automobilisti pieni di ragioni che sapevano solo loro – beati loro – per andare di fretta. Io non avevo ragioni. Non mi andava. Di obbedire a regole che ci impediscono solo di scontrarci mentre camminiamo.

Ragionevolezza – la chiamano i furbi. Io non ero furbo. Non sono nato furbo. Non diventerò mai furbo. Prima o poi la corrente sbagliata mi butterà contro lo scoglio sbagliato, ma il salvagente no, non lo voglio. Mi sarò goduto il sale di quella nuotata; avrò nuotato nella seta dell'eterna notte che è l'universo, magari riemergendo in una nuova fluorescenza.

Mi piaceva continuare ad ascoltare quella stanchezza di muscoli rotti, di morsi sulle cosce, di braccia che non parlavano con le spalle dopo tutti i plank con cui ci avevano massacrati. Mi piaceva per modo di dire. Dentro l'orecchio sinistro c'era la mia voce a rotta di collo, che pensava e pensava nella città buia. Dentro l'orecchio destro, che avevo riabbassato sul cellulare, c'era la voce di Emma.

Avevo finito di fumare. In bocca mi scivolava il sapore delle sue lacrime.

Forse potevo chiamarla, più che scriverle il niente e aggiungerci una riga di faccine.

Le chiesi se era libera.

«Sì, adesso sì», mi rispose, parlando piano piano.

«E tuo fratello?».

«È di là a mangiare».

«Allora puoi stare al telefono?».

«Sì. Sto in camera», alitò nell'auricolare.

La sua camera minuscola. Sempre disordinata. Il pigiama ammucchiato. Il giubbino che pendeva mezzo scivolato dallo schienale della sedia. Le scarpe al contrario. I quaderni sparsi per terra. Il vecchio computer troppo grande sulla scrivania con i cavalletti. I cavalletti di legno... Se allungo il ginocchio, ci sbatto contro e mi si allarga un livido viola.

I fogli, le foto attaccate sul muro. Con la sua schiena appoggiata alla mia pancia, con il suo profumo alla panna che mi zampillava dappertutto, li guardavo come se avessi dovuto ripassarli con il tratto-pen.

La foto di lei da piccola. I biglietti della migliore amica, che non si capiva mai chi era, con la scritta in maiuscolo rosa: «sorella». Era Virginia? No, era Regina? No, era Samantha? No, era...? La pagina di quaderno piena di righe in diagonale, con quattro cuori paffuti e le lettere gonfie che si confondevano in un «Ti amo». I fumetti fucsia che strillavano «9 gennaio», «mio compleanno». La foto in piscina. I poster di Tiziano Ferro. La cartolina con lo Yorkshire. La scritta Emma in caratteri antichi un po' piegata sull'angolo. Che voglia di alzarmi e metterlo a posto. Ma lei mi tratteneva. Mi imprigionava sul letto. Mi afferrava le braccia. Mi tramortiva con il suo esercito di peluche molli e ingrigiti. Mi rubava il pacchetto di sigarette e mi minacciava di non darmi più neanche un bacio, se non avessi smesso di fumare.

Al telefono racconta a voce bassa bassa e io mi accuccio sul gradino di Grom.

Sono entrato dentro il tondo di una cinepresa che mi stritola.

Lì è successo. Quella sera. Scivolando su quelle lacrime.

La voce di Emma è fresca, è roca.

Nell'altra stanza, a pochi metri dal silenzio che fa slalom tra le sue parole, c'è suo fratello.

Piangendo, lei si è già spogliata. I suoi movimenti musicali sono lacrime che si staccano una dopo l'altra, uno dopo l'altro. Mi arrivano così.

Le mie risposte sono un copione già scritto che tenta di prendere vita.

«Scusami se faccio così ma mi sento proprio da schifo…», dice, buttando giù un sospiro.

«Mi dispiace tanto», dico. «Cerca di non pensarci…».

«Che bello che mi capisci, Alessa'».

Tira su col naso e la immagino passarsi il dorso della mano sotto la narice rotonda.

«Non so… mi sento stupida a dirtelo ma è che… ci sono giorni che c'ho in corpo una tristezza…».

«Non è mica da stupidi». Non c'è proprio niente di stupido nella tristezza, in quello la capisco perfettamente.

Poi, siccome dall'altra parte sento solo un alternarsi di sospiri, provo a suggerirle, piano, come a scuola: «Ma c'entra solo tuo fratello? O i tuoi?».

Quella parola, «tuoi», così semplice, ha il potere di arrivarle dritta dentro, tanto che mi sembra di sentirla vacillare come dopo uno schiaffo.

«Ti ho detto… È quello là che ha fatto di nuovo lo scemo… Litigava con mia mamma e ha rotto il cellulare… E mia mamma ha preso di nuovo le pastiglie… Mi sento così sola, Alessa', così sola… Non so cos'ho fatto per non avere una famiglia normale, un fratello normale… Quando mi metto a letto la sera, sento un vuoto… Come se morissi».

Schiaccio il telefonino sull'orecchio per non perdermi nemmeno una parola.

«Forse sono sbagliata io… non ce la faccio… certe volte penso che dovevo morire appena nata…».

«Ma scherzi», mi affretto a dirle, copiando dal bugiardino della vita.

«Ma sì, lo so… lo so che sono cose da scemi, ma tu non hai

mai provato quello che ho passato io, Alessa'... Li odio», soffia. Poi il tono di voce diventa più morbido. «Cioè, non è che sono cattivi con me. Lo so che mi vogliono bene. È che hanno incasinato tutto».

«Ma tua mamma e tuo papà stanno insieme o...?».

«No, figurati... Mio papà è un grandissimo stronzo...».

«Con te?».

In questo momento sono pronto a infilare il primo treno solo per andare a prendere quello sconosciuto per i capelli.

«Con me non tanto... fa finta di volermi bene... o forse mi vuole anche bene, lui. Boh».

Piange.

«Sai cosa vuol dire vedere tuo padre che picchia tua madre? In cucina, a cena, davanti a noi che guardiamo la televisione? Sai cosa vuol dire?».

No, non so cosa vuol dire. E non so neanche cosa dire.

«Con tua madre che dopo si sente male per tutta la sera?».

L'aveva vista andare in una specie di trance non so quante volte. E poi prendere venticinque gocce di Valium. E il Maalox per lo stomaco. E quegli altri nomi che senti al banco della farmacia sfiorarti le orecchie come calabroni da destra e da sinistra.

«Con due che non sai se ci stanno, se non ci stanno, fino a quando ci staranno...».

Non si faceva scrupoli a raccontarmi tutto, Emma, e in questo non ha sbagliato. Neanche per un frammento di secondo l'ho giudicata male per il disastro di famiglia che aveva.

Emma, micia che ti appiattivi sulla pancia e strisciavi davanti a me debole debole, verso le mie carezze.

«Cazz, è proprio brutto...», dico.

Perfino io che parlo anche con i sordomuti non trovo molto altro da dire.

Gli adulti, con tutte le loro saggezze da cravatta annodata stretta riescono a fare tanto più schifo delle peggiori schifezze che rimproverano ai ragazzi. Vorresti prendere quelle cravatte e strizzarle fino a fargli partire gli occhi, come a Marty Feldman.

La sento respirare più regolarmente e ritornare fredda.

«Fa niente. Ormai è andata così».

«Ma tu adesso non ci pensare a queste cose. Pensa che stai insieme a me».

«Infatti, quello è bello. Però non ci posso far niente...».

«Pensa alle cose belle che puoi fare, che farai», incalzo. «Pensa alla pallavolo. Al sabato pomeriggio. Alla musica che ti piace».

«Al peluche a forma di elefante».

«Alle vacanze di Natale».

«Alla festa di Samantha al parco».

«Chi è Samantha?».

«La mia migliore amica».

«Perfetto, alla festa di Samantha».

«Alla torta al cioccolato con la panna».

«Alla torta al cioccolato con la panna e anche un po' di granella di nocciole».

«No, che la granella di nocciole mi va nell'apparecchio».

«Va bene, allora niente granella di nocciole. Facciamo Nutella».

«Nutella. Perfetto».

«Domenica ho preso a mio fratello una crepe doppia alla Nutella, prima del cinema. Ti mando una foto, così guardi com'era messo».

Stacco il cellulare per riprendere fiato. Le giro la foto.

«Che bello tuo fratello!», trilla lei. «Quanti anni ha?».

«Dodici».

«Non vi somigliate per niente. Non sembrate neanche fratelli».

La sento che ridacchia. Un riso innocente-sornione da gatta che ti solletica con le unghie.

Ormai mi sono spostato nella via dietro la gelateria, dove non c'è quasi nessuno.

«Alessa', scusa se ti ho detto tutte queste cose. Ti ho buttato addosso tanta merda. Non voglio che ci stai male anche tu».

Mi saluta in fretta e mi spiega che deve stare sempre attentissima, che suo padre la controlla, che le ha messo una sim collegata al proprio telefonino, così vede quando lo accende e quando lo spegne.

Opprimente e stucchevole. Lei era la sua principessa – diceva lui. Però un po' Emma si vantava di tante attenzioni, a parte la seccatura di essere guardata a vista. E intanto cercava di fregarlo. Aveva quella che si chiama intelligenza da strada a un grado parecchio alto, la mia micia che di latino non capiva un'acca, ma un'acca proprio, e mi chiedeva sempre una mano per uscire da viluppi di parole totalmente sgrammaticate. Ma l'intelligenza non è mica una cosa sola. S'imbratta di stupidità praticamente sempre, a parte in quelle due o tre persone che ce l'hanno al cento per cento – l'intelligenza del pensiero, del cuore, il realismo, la fantasia – ma poi magari vivono in una casa di quattro metri per cinque e devono regalare i libri agli amici perché altrimenti non sanno dove tenere la cassetta dei mandarini, oppure al mondo hanno detto ciao ciao, o il mondo lo ha detto a loro, ciao ciao.

Aveva un'intelligenza scaltra e un po' malata, Emma. E io di fronte a lei fui stupido. Ma veramente. Stupido con trasporto, con slancio, come si deve per forza essere almeno per qualche secondo quando ci si butta con un deltaplano o un parapendio, o da uno scoglio alto quindici metri nel mare di vetro di Malta.

Emma… Mi hai fregato perché il sentiero per raggiungerti non lo hai segnato con le briciole ma con i crepacci.

Da un lato c'erano le foto tranquille su Instagram. Tutte molto moderate, con uno sguardo da bimba, apparentemente fragile e dolce. Poi mi scrivevi robacce meravigliose come le ragazze delle sex cam. Poi mi invitavi dentro i tuoi gorghi familiari. Poi mi annunciavi di aver appena finito quella cavolata di *After* con la stessa fierezza di chi ha appena ricevuto una candidatura al Nobel. Le uniche tue canzoni, le hit del momento. Mi facevi proposte hard ed eri una bambina di neppure quattordici anni.

Emmamicia, qua si cade fuori dalla gravità. A te piace *Tre metri sopra il cielo*; a me, grazie, no, non granché. Meglio *Giù la testa*. Il padrino. O *Dracula* del '31. Che per te sono una noia mortale.

Nemmeno sull'aliscafo per Ustica ho fatto un su e giù peggiore.

Sto facendo il gioco di non guardare il telefono. È l'unica cosa che voglio fare, ma aspetto. Ancora. Ancora. Adesso devo vestirmi per andare. È tardi. Alvise mi aspetta alle 15.

Non posso guardare il telefono. Adesso assolutamente no.

Adesso neanche.

Dopo quella curva.

Dopo il casolare.

Allo stop.

Non questo, l'altro.

La cover diventa un pezzo di Play-Doh. Ci sento dentro un battito: 92. Cuore da fumatore di sigari.

No, non guardare.

Se guardo adesso, muoio.

Dopo il canneto.

Non so perché mi tormento con questo gioco cretino. Forse per non pensare che, in effetti, prima di fidanzarmi con Emma c'era molto poco tra uno dei miei mal di testa feroci e l'altro dei miei mal di testa feroci.

È il primo sabato da quando stiamo insieme. Avanzavo un invito di Alvise da prima che ci fosse qualcosa che meritasse di essere chiamato «tempo», di essere chiamato «spazio».

Lui è la marionetta di me al passato. Mi ha invitato a casa sua perché vuole che lo ascolti fare i suoi discorsi pseudopolitici e mi paga con un assaggio della Jacuzzi che ha in taverna. I discorsi gli servono per intonarsi al cappottone doppiopetto blu a mezza gamba con cui ha cominciato ad andare in giro per sembrare uno che non si confonde nella mischia. In effetti non so quanto durerà questa nostra grande amicizia da cui dipendono le sorti del Paese. Non so se riuscirà a sopravvivere ai jeans tipo pelle di serpente ocra che mi ha regalato mia mamma. A Emma piacerebbero un sacco.

Parla, Alvise. Ripete le cose che legge su certi gruppi sull'indipendentismo veneto in cui ha aggiunto anche me. E cambia spesso idea. Un giorno è di un indipendentismo quasi rurale. Un altro è di un centrodestra imprenditoriale moderato nordico: il Toni Buscolin, proprietario di un'azienda che produce brugole o gabbie per conigli, ex allevatore arricchito, che tra una fetta di soppressa e l'altra si riempie la bocca di politica. E per finire c'è un senso di ardimento inesprimibile, che il referendum di Renzi ha portato a parossismi sublimi.

«Renzi a casa, Renzi a morte», dice. Parole aspre e secche contro il – dice lui – «pagliaccio toscano».

Ma il solo evocare «Roma ladrona», nella persona del Capo del Governo, lo fa tornare all'altra questione, quella capitale, chiodo fisso. L'indipendentismo. S'infervora.

«Così ci liberiamo. Di tutta l'Italia, ma soprattutto del sud, che è quarto mondo».

Lo sa che non deve, perché poi io gli ricordo che non è proprio del tutto veneto e lui è costretto a precisare che sua madre verrà pure da molto lontano, ma quello è un posto in via di sviluppo e ci sta fiorendo il business dello yogurt. Insomma: dialoghi edificanti da entrambe le parti. Uno meglio dell'altro.

Mi sfilo il maglione e lo appendo sull'attaccapanni.

«...sostituire lo statalismo con il capitalismo veneto. Guarda che ci sarà il distaccamento...».

I jeans.

«...creare una nuova leva giovanile al posto della polizia statale...».

La pelle mi fa male perché non c'è Emma.

«...tra un po' si fa la rivoluzione. È sicuro...».

Rispondo per cortesia di ospite.

«Mah. Una regione contro l'esercito italiano. La distruggono in tre secondi. Un conto è una guerra di secessione...».

«Cosa dici? Guarda che sono già arrivati con un carroarmato a Venezia».

Mi mostra l'immagine di una ruspa con quattro lamiere attaccate.

Sto zitto per cortesia di ospite. La rivolusiòn del leòn mi interessa poco.

«...venerdì andiamo sul Liston che c'è...».

È il suo idolo del momento, visto che l'altro è morto da un po'.

«Vediamo», dico, con la voce che fa il giro nella pancia del telefono ed esce effettivamente un po' strana. Mi ha scritto.

«Teso'».

Tutte quelle sillabe sacrificate per amore.

«Amore», rispondo.

Cuori.

Baci.

«Come stai?».

«Bene bene. Tu?».

Cuori come punti esclamativi.

«Perché vediamo? Bisogna che siamo in tanti così capiscono», fa Alvise. «Viene anche Frency».

Doppi cuori rosa.

«Bene anch'io».

«Me la dici una cosa?». Striscia di cuori colorata. Faccina della scimmia che si copre gli occhi. «Hai mai fatto qualcosa di sessuale?».

Un colpo di pistola mi passa le tempie. Alzo la faccia per vedere se su quella di Alvise c'è sangue.

«Np», balbetto con il pollice.

«*no».

«Però non mi dispiacerebbe».

«E tu?», scrivo.

«No no».

«Però nun me dispiacerebbe».

«...andiamo e ci tesseriamo...», ronza Alvise. La colonna sonora di *Giù la testa* mi suona dentro.

«Amore... Adesso però sto andando a fare la Jacuzzi», scrivo a Emma. Faccio il ricco.

«Ma c'hai la Jacuzzi?».

Scatto al volo una foto e gliela giro.

«...ma secondo te la Ele è veramente mia amica?», fa Alvise.

Foto anche lei. A quattro zampe con i leggings.

Occhi a cuore, stelle, cuore, stelle, cuore, stelle.

«Cosa vorresti farmi?».

Mi avvolgo nell'asciugamano. Rantolo ad Alvise un «Sì, mi pare di sì. Il bagno dov'è?».

Benedetti benedetti bagni. Il silenzio è ossigeno.

Io e lei.

«Bocchino», scrivo.

Ossigeno ancora.

«Sega».

«Immagina che te ne faccia una».

«Ti sei arrapato?», mi chiede con la sua disinvoltura da film porno.

Faccine che arrossiscono. Triplo pollice in su.

«L'anal ti piacerebbe?».

Pollice in su. Faccina che si lecca i baffi.

«Sarei così eccitata che non sentirei male».

Mi manda le foto delle mutande a brasiliana bagnate. E io è ovvio, è ovvio che mi sento morire.

E così il sabato dopo. Eravamo sempre da Alvise, a fare le prove del nostro complesso rock. C'era Leonardo piccolo alla batteria, Carlo al basso. Alvise un po' suonava e un po' cantava. Io suonavo la chitarra elettrica, distratto per tutto il tempo dalle foto che Emma mi inviava. Con gli hot pants senza reggiseno. Con un finto telefono anni '80 da escort vintage. Posizionata a cucchiaio sul letto dei suoi genitori, che aveva un che di principesco, bianco con rifiniture di oro di princisbecco. Un video dove mangiava il gelato.

Fino a quando, verso le 11 di domenica, mi dice che va a fare una doccia. Io sono dal kebabbaro della stazione. Sento la notifica – avevo messo quelle personalizzate, col rumore della Lamborghini che si apre. Mentre aspetto il kebab, mi manda la foto di lei tutta nuda allo specchio. Quel kebab me lo sono goduto poco…

Va avanti così per un mesetto, fino ai primi di dicembre. Lì comincia a parlarmi sempre più spesso di un suo ex di Napoli che avevo beccato tra i suoi follower. E sembra farlo apposta per costringermi a litigare. Per poi restare freddina anche per giorni.

Finché magari, una sera che ero a un cineforum, si mette a cominciare una conversazione in cui dice: «Amo', sto a pecora, c'ho voja de te…».

Oh, questa è una foto come si deve. Infatti Emma continuava a scrivermi che io ero bellissimo e lei una cessa, che io ero biondo, e gli occhi così, e che ero magro, e che ero alto. E anche tutti quei suoi parenti, diretti, acquisiti, presunti, che vedevamo il sabato sera, quando andavo a trovarla. Dall'agro romano a Tor Bella Monaca. E le sue amiche del cuore. «Cazz che fortunata!», le dicevano, e non sembrava vero a nessuno che Emma avesse un fidanzato che si prendeva il Frecciarossa a Verona e scendeva ogni weekend a trovarla con un regalo in mano. La collana Swarovski con il simbolo dell'infinito, il borsellino Diesel…

«Tu che c'hai i soldi portace du' piotte», mi disse Mario, un giorno, con un frammento di odio nella risatona che gli faceva ballare il petto.

L'ho incontrata da poche ore, Emma, dopo quasi due mesi di telefonino e basta. Google Maps è diventato realtà e dietro di noi c'è la fontana di Trevi con l'acqua radiosa color piscina e io ho proprio l'occhio da duro, quasi balcanico tanto è stretto e deciso, e lei è tutta sotto la mia spalla e sembra indifesa mentre mi appoggia la tempia sulla guancia e sorride tra gli zigomi tondi. Io ho il giubbotto nero di pelle e la felpa grigioverde che mi hanno regalato alla cena del compleanno e i capelli corti con la riga in parte. Sembro io quello che fa male.

3

Roma, gennaio

La voce metallica che annuncia partenze e arrivi duetta con le musiche delle pubblicità. Le vetrine sono piene di luci intermittenti e di un pulviscolo bianco di renne che galoppano.

Mi sbatte addosso gente di tutto il mondo. Facce che non riesco a indovinare da dove possano venire, con i capelli che sembrano dell'est, e nasi dell'ovest, e pelle del sud, e corporature del nord. Esquimesi dell'equatore, filippini siberiani brulicano dentro e fuori dai negozi, prima di riunirsi e andare verso l'abbraccio ovale di San Pietro.

La stazione di Roma. Ci sono stato solo un altro paio di volte, per cambiare dei treni, ma molto rapidamente. Non con la calma di oggi.

È davvero enorme, trionfale, rispetto a Verona. Lì esci dai sottopassaggi bui con la coda tra le gambe, ti getti fuori come se dovessi prendere fiato dopo un'immersione. Qua ti senti sotto i riflettori di uno show.

C'è anche un sacco di polizia, molto più che su da noi. Come a dimostrare che a Roma succede tanto, perché si prova tanto, si vive tanto.

Tiro fuori il cellulare, scatto una fotografia e poi faccio di nuovo il numero di Mario.

L'ho già conosciuto al telefono. È lui il tramite necessario per vedere Emma. Come per me il nonno e Giulio. Ufficialmente sono qui per fare turismo con loro, per vedere la Capitale, dove non sono mai stato, e salutare «una mia amica».

Mi risponde. Gli dico che ci siamo.

«Oh! 'ndo stai?», fa.

«Sono praticamente dove c'è il McDonald's, alla mia sinistra c'è Sisley».

«Aó, me raccomando. Ce stanno du' uscite. Tu non devi uscì a via Giolitti. Devi uscì a via Marsala! Capito? A via Marsala!».

Ha un accento romanesco che ti stende.

Via Marsala, via Marsala… Cerco in alto le indicazioni e poi, appena le trovo, faccio segno al nonno e a Giulio. Pieghiamo verso destra, immettendoci nel flusso di persone.

«Ecco. Ora siamo usciti».

«In via Marsala?».

«Sì. Qui però è grande… ci sono un sacco di moto, taxi», faccio, lasciando andare lo sguardo lungo tutta la strada.

Strizzo gli occhi, il vento è spinoso.

«Dove siete?».

Mario insiste. «'ndo state voi?».

Il nonno mi indica un'insegna che deve avere una certa età.

«Dove c'è il caffè Paola».

«Ma 'ndo cazzo lo vedi er caffè Paola?».

Mi guida al telefono, Mario. Camminiamo accanto a bar e vespette parcheggiate tra sacchi di rifiuti che non ci stavano nei bidoni. Ci sono piccoli negozi indiani ricavati anche sotto il livello della strada. Il vento fa oscillare le stoffe appese fuori.

Poi li vedo. Prima Mario. Poi Marisa piccolina. Alla fine lei.

Si stringe nel piumino grigio di tante foto. Sotto ha una gonna nera. Non è molto alta e sembra una bambina, con il faccino luminoso, il sorriso appena accennato, timido. Scosta con la mano i capelli lisci che le arrivano a metà braccio.

Non riesco a decifrarla. È una strana impressione: di solito le persone le capisco anche a due metri di distanza.

Più che emozionato, mi sento imbarazzato.

Vorrei che il nonno e Giulio non fossero più qui vicino a me.

Per fortuna mi accontentano.

«Noi andiamo allora», mi fa il nonno, dopo aver preso anche la mia valigia.

Sono solo.

«Oh, se semo beccati finalmente!».

Mario mi viene davanti, mi stringe forte la mano con un sorriso largo.

Il sorriso di Marisa è più contenuto. Sembra stupita.

Mi avvicino a Emma.

«Ciao».

«Ciao», mi sorride.

Mi piego ad abbracciarla e le bacio le guance.

Sono morbidissime e tiepide, come quelle di un bambino piccolo. Ha un profumo di frutta e zucchero che mi ricorda le bancarelle dove vendono i ciuccetti.

«Annamo a faje vedè 'npo' de robba bella», fa Mario.

Mi guidano per la discesa verso la metropolitana e intanto mi chiedono del viaggio, se il treno ha fatto ritardo, del clima che c'era a Verona, di quello che prevedono per i prossimi giorni, se è proprio proprio la primissima volta che visito la Capitale, quanti giorni mi fermo in tutto.

Emma ogni tanto partecipa alla conversazione, ogni tanto tira fuori il cellulare e digita qualcosa. Quel suo profumo e quei suoi occhi mi fanno voglia di toccarla in continuazione.

Quando risaliamo, sento sulla faccia la sferza del vento che mi toglie il respiro.

Ha cancellato ogni traccia di nubi e l'aria è luminosissima, sembra di stare sulla neve. Lo spazio immenso, come se ci fosse più cielo del solito. C'è il verde delle colline, dei pini, delle palme e dell'erba. Il rossiccio chiaro dei monumenti: archi, palazzi, basamenti di colonne che si perdono in lontananza.

E quello che ho davanti è il Colosseo.

Rimango a guardarlo con la testa in su.

L'Arena, a confronto, mi sembra patetica e lugubre.

Emma traffica ancora con il cellulare, mentre i capelli le schiaffeggiano il viso. Lei chissà quante volte l'ha già guardato, quante volte ci ha mangiato un panino seduta lì sotto.

«E mo' vedrai il resto», dice Mario, spingendomi verso destra.

L'Arco di Tito, di Costantino. Il Palatino laggiù. L'avvicendarsi di colonne e marmi dei Fori, con i gatti che balzano giù dai basamenti e i resti dei templi così alti che ti spingono a terra. C'è una fila interminabile di taxi incolonnata accanto a dove passiamo.

Ci fermiamo in un baretto delle vie più interne, di quelli buoni che conosce solo la gente del posto. Per fare prima prendiamo dei panini.

Quando abbiamo finito, Mario ha bisogno di farsi una ricarica. Prende a braccetto Marisa e cominciano a cercare un posto.

«Dopo se ribeccamo», fa. Forse è solo complicità virile.

Io ed Emma cominciamo a camminare verso il Campidoglio.

Lei spinge le mani nelle tasche. È tranquilla, quasi annoiata.

«Allora ti piace Roma?».

«Mi piace da morire», faccio.

«Come te la immaginavi?».

La immaginavo colossale, imponente, stupenda, e lo è, mi entusiasma.

«È stupenda! Veramente!».

«E io?».

Si sistema i capelli che il vento le fa entrare anche in bocca.

«Certo, amore. Sei bellissima».

La faccio rallentare prendendole il braccio.

Lei si fa abbracciare e basta.

Le punto gli occhi negli occhi. Le sfioro le labbra.

Emma si libera della mia mano e ricomincia a camminare.

Fa saettare un piccolo sorriso che mi gela.

«Ma perché?», balbetto. Le mie orecchie si riempiono improvvisamente del rumore dei turisti, che sembrano essersi buttati improvvisamente tutti sulla scena, rubandoci quel silenzio solo nostro, sprecato.

«Voglio vedere se ti fidi di me...», fa lei. Le piace da matti darsi un tono.

«Certo che mi fido», irrompo io, tentando un altro bacio.

Mi sento cadere in avanti.

Vedo la maschera di Emma che sorride.

«No, dai. Non voglio che pensi che mi interessa solo una cosa...».

Ma come? Se nelle ultime settimane non avevamo fatto altro che farci telefonate in cui mi parlava come una professionista delle hot-line? Se avevo già visto tutto, pregustato tutto... E lei anche.

Arriviamo davanti alla scalinata del Campidoglio, con le persone inerpicate in alto tra le statue enormi e le comitive strette in gruppo intorno a una bandierina.

E poi il Vittoriano, bianchissimo. Fa perfino male guardarlo.

Qui a Roma è tutto immenso, tutto moltiplicato, elevato a potenza. Ti capita di trovare pezzi d'impero anche nelle vie più insignificanti. Una fontana con le ninfe candide di fronte a ristorantini cinesi. Lastroni di marmo liscio e grosso. Una chiesa presa d'assalto dalle macchine fotografiche.

«Facciamo una deviazione», decide lei.

Quindi non seguiamo il percorso su cui ci eravamo accordati con Marisa e Mario, ma superiamo la strada. C'è odore di cavallo. È appena passata una botticella con una coppia di turisti.

Raggiungiamo le rovine.

«È il tempio della Venere Genitrice. Senti cosa dice la guida».

La guida parla di resti di ricostruzione di epoca traianea, decorazioni interne e fregi con amorini e diversi oggetti che probabilmente rappresentavano le divinità che appoggiavano la dea nel suo aspetto di progenitrice della natura. Un sacco di frammenti, dice, sono conservati al museo dei Fori Imperiali.

«L'abbiamo visto poco tempo fa con la scuola», fa Emma, facendo ruotare gli occhi. «'Na palla...».

«Qua invece c'è un punto carino».

Si può passeggiare sulle passerelle tra l'erba alta e secca e quello che è rimasto dell'edificio. Superiamo guida e turisti e a un certo punto ci troviamo completamente dentro il tempio, sotto il cielo, tra scavi e i pezzi di terra a gradoni.

Mi prende per mano.

Io la stringo. È morbida e umida. Le passo i polpastrelli sul palmo.

«Mi sono fidato?».

Abbassa gli occhi. Si mordicchia il labbro.

«Boh. Credo di sì».

La prendo per la vita e la faccio girare verso di me. Ride e si volta dall'altra parte, ma non mi lascia la mano.

Mi giro io per mettermi di fronte a lei.

Siamo circondati da colonne, non ci vede nessuno.

Si copre le labbra con la mano, poi si sistema ancora i capelli dietro le orecchie.

La premo piano contro di me.

Sta respirando con la bocca socchiusa.

Stavolta è lei a venirmi incontro.

Affondo tra le sue labbra. Il vento le ha ghiacciate, ma il sangue le sta tornando e stanno diventando morbide e caldissime.

Mi respira, bocca a bocca.

Se ci fossimo visti in un paesetto della pianura Padana, forse me la sarei dimenticata subito. In quel momento, invece, era tutta Roma che baciavo: quella luce, quell'acqua delle fontane, quei gradini da imperatori. E doveva essere contagiosa la felicità calda che mi sentivo dentro, perché anche lei non si tirava indietro, e in quei giorni non ebbe più riserve. Passò dall'aria annoiata e freddina a portarmi con sé dappertutto, dai suoi parenti, nei pellegrinaggi al centro commerciale, sul lenzuolo di flanella del suo letto, mentre tenevamo a turno la porta con la mano perché non entrasse suo fratello.

Quando si avvicinava l'ultimo giorno delle vacanze, si mise perfino a piangere e Mario cominciò allora con la tiritera «casa mia è casa tua»…

Ero entrato in un film. Ero passato attraverso lo specchio mentre provavo se la riga mi stava meglio a destra o a sinistra. Era una figata da non potervelo dire farmi seicento chilometri in treno per la prima volta da solo. E poi, il sabato sera, andare da una casa all'altra – tutte piuttosto povere, sì, certo (ma tutte con la parabola Sky!) – e sentire quella gente incredibile che rideva e ti baciava forte sulla guancia come al sud e litigava per il calcio e buttarmi dentro anch'io a litigare. E gli arbitraggi, e le partite truccate, e la Juve che «nun pò esse». Non avevo mai tifato un bel niente, a parte un pò di Milan, da piccolo, per solidarietà con il nonno Sergio. Non sapevo niente di assist, di dribbling, di calciomercato. Decisi che doveva essere Lazio e non Roma e ci davo giù di brutto contro i romanisti, e cominciavo a impararmi a memoria prima la formazione del momento, poi quella dello scudetto, poi i bomber storici. Il figlio piccolo del genero di Mario mi regalò anche una sciarpetta che con i miei occhi faceva tutt'uno. Devo riprendermela quando torno a Benevento, da mio padre.

E intanto si mangiava come maiali. Una volta, dopo la terza fetta di un rotolo alla Nutella cucinato da una donna che era tutta un programma, ci vedevo perfino offuscato. Mangiavamo e ridevamo e ci sfottevamo e tutti continuavano a dire a quell'altra: «Cazz!...».

Era la mia prima esperienza vera in mezzo a persone vere e non in quegli ambientini falsi falsi che sanno squittire solo frasi melense. Gente delle periferie, che se gli facevi schifo te lo diceva, perché tanto non c'aveva nulla da perdere. Gente in fondo libera, tipo: «A me nun me ne frega un cazzo se se dice pinò o pinot». Non il «Ma davvero?» dei ricconi castrati che poi ti chiedono indietro l'euro del caffè.

Per stare nella macchinetta della mamma di Emma dovevamo stringerci tantissimo. A volte ci buttavamo semplicemente nel parcheggio sterrato di certe trattorie alla buona, in cui lo sballo del sabato sera erano le gag di cabaret e le schitarrate di un tipo con i capelli rossicci e un'età imprecisata da androide del rock. O sul marciapiede davanti alla rosticceria "Trottola", dove ho mangiato il pollo alla brace più buono e più unto della mia vita.

Altre volte si andava, si andava, si fluttuava nel buio gelido, caldo, verso il lago di luci di Roma. Roma sud, ovvio. Nelle discoteche in centro, loro ci andavano al massimo a Capodanno.

Mi raccoglievo dentro la giacca e irrigidivo i muscoli per resistere con dignità alle enormi manate sulla spalla che mi dava Mario. Nel miniabitacolo si sentivano praticamente solo le nostre risate e la sua voce, che sfotteva in romanesco me, Emma, la mamma di Emma, gli ospiti che ci aspettavano, i loro parenti, il politico di turno, il mister sfigato, il bengalese del semaforo. Mario Cesare, con il vocione grosso da fumatore, remote origini siciliane, il braccialetto con i due lacci e l'ancora in mezzo, a ribadire una virilità che poi avrei scoperto essere solo esteriore. Nessuna nostalgia falsa di sciccherie culturali. Nessuno scrupolo nell'usare il dialetto sempre e comunque. «So' romano e parlo romano»: il suo essere italiano era il suo essere romano.

Mario Antonio, fottuto dalle donne e dalla vita, nonostante fosse veramente impressionante da vedere: un quarto di bue, e non di quelli flaccidi con la pancia. Robusto, forzuto. Per un problemino piccolo piccolo piccolo alla schiena era andato in pensione a quarant'anni. Per non pensare alle donne e alla vita gli restavano solo le sgommate in macchina, Totti, la Riomma. Era un tifoso sfegatato, ma allo stadio non ci andava mai, perché suo padre aveva avuto un infarto mentre era a vedere una partita ed era morto in ambulanza, bloccato dai casini degli ultrà.

Gli volevo bene. Anche lui a me, credo.

La sua donna non sono riuscito mai a capirla fino in fondo. Di sé diceva meno che poteva. Penso che neanche le gocce di Valium facessero plick, in quel fondo senza fondo.

Trattava Emma da bambina piccola innocente e me da caro ragazzo che la faceva felice. Voleva fare la gentile, l'acculturata. L'amica dell'umanità. A lui bastava Totti. Lei invece si commoveva per i malati, gli orfanelli, i bimbi siriani, i giapponesi terremotati, i cagnolini randagi, i gattini investiti. Mi ringraziava se l'aiutavo a trovare la parola che proprio proprio non le veniva in italiano e dal casco biondo di capelli le usciva un fumetto rosa confetto che diceva: «Studiare… Che bello…». Gli orecchini che le aveva appena regalato Mario ondeggiavano con discrezione subito più in basso.

Spennavano entrambe. Madre e figlia. Tali e quali.

Con Mario si erano conosciuti da pochissimo, andando in palestra. Lui a salvarsi la pelle; lei a fare la guerra ai cinquant'anni a colpi di pilates. Con discreto profitto.

Povero Mario, che pensava a lei e alla Riomma per non pensare a Nicole, la sua prima moglie, che lo vedevi pure in foto che in fronte c'aveva scritto «zoccola» e lo aveva lasciato tre anni prima, dopo avergli riempito il testone di corna. Per non pensare ai due infarti che aveva già avuto e al terzo che assolutamente non doveva arrivare, come aveva minacciato il dottore. Che adesso, grazie alla mamma di Emma e al respirare l'amore, era passato dai due pacchetti di Marlboro rosse a uno scarso di Marlboro silver, dal barbone incolto e le medicine dimenticate nei blister a un ordine pseudofamiliare preso in prestito. Quando mi disse con un sospiro che finalmente aveva trovato una brava persona, me lo sentii io il male oppressivo allo sterno.

E me cercava di mettermi in guardia. Come poteva, con tatto, con allusioni velate. Se parlavo di Emma, scuoteva impercettibilmente la testa. Diceva: cerca di distaccarti, di non affezionarti troppo. Vedi di trovarti una gondoliera veneziana.

Io che lavoravo già per il quarto, il quinto, il millesimo infarto soffocato nel fazzoletto.

Con loro scoprivo per la prima volta i bassifondi. Le periferie. I quartieri. Le case popolari. Le aree del cosiddetto degrado. E mi piacevano più del piano-nobile-del-palazzo-storico, delle ville-con-piscina, dei rustici-ristrutturati, degli hotel-a-cinque-stelle dove ci si spintonava per raggiungere il caviale del buffet di Ferragosto. Quella poltiglia sempre troppo fredda e un po' rancida.

Certo, il color polvere scrostato dei palazzoni non era il massimo. O le immondizie fuori dai cassonetti, franate sul fianco della campana del vetro. O i bambini che sognavano il momento in cui avrebbero sgraffignato una saldatrice per fottersi il rame e rivenderlo all'anello successivo della catena. Nascerci e morirci non doveva essere bellissimo. Da me i secoli avevano fatto a gara per fare il palazzo più bello, la finestra più arzigogolata, il portale più ricco.

Ma lì c'era un romanzo in ogni triangolo d'ombra, in ogni fotografia che i miei occhi scattavano. Lo spacciatore (Bogotà, penso) con la guancia destra attraversata da una cicatrice di almeno dieci centimetri, l'andatura saltellante e zoppa.

Un romanzo dietro ogni porta. La biondina che faceva la puttana. Questa benedetta Marika, che tutti sapevano – tranne lo Stato, va da sé – che era una puttana… Quando riuscii a vederla, la succhiai con gli occhi, la ingoiai, le assegnai un posto d'onore dentro il mio cuore agitato; mi sentivo di aver finalmente incontrato dal vero una personalità. La contemplai mentre sfiorava con le sue gambe leggendarie nascoste in un paio di jeans grossi il pulviscolo di bambini che giocavano a calcio, i ragazzi che battevano con gli skateboard sulle panchine. Musica di passi straordinari, sirena che forse mi chiamava nel suo mondo di lattice aromatizzato alla fragola.

L'auto dei carabinieri sotto l'appartamento del tipo ai domiciliari. La noia del brigadiere, fatta di uno scetticismo palesemente già in metastasi, scolpita nella sua gamba appoggiata fuori dalla portiera come un cavalletto.

La donna con il doppio doppiomento che spiava dalla finestra, da cui pendevano mutandoni non so se suoi o del marito.

Il pallone dei ragazzini che voleva sfondare il cemento.

Tanti giovani per strada, senza che li trascinasse la fiumana del centro. Lì non c'era niente di niente verso cui dirigersi, niente di niente da andare a vedere, e allora ci si doveva per forza guardare l'uno con l'altro e dire due parole. Le simpatie che nascono alle fermate soppresse del tram, dove anche l'orgoglio è soppresso e si è stanchi e ci si scopre curiosi.

Guardavo i bambini che giocavano a calcio in un campetto con una porta appoggiata su un palo solo e l'altro che penzolava, il pallone mezzo scucito. Quattro Totti con la stessa maglietta si scartavano e si massacravano le ginocchia.

Mi accorgevo che la storia di Roma era più complicatina. Tra un «aó!» e un «daje!», c'era il ciuffo smaltato di biondo del mezzo rumeno, già mezzo tedesco, con gli occhi grigi a punta. Poi i capelli color carbone dello scugnizzo, del calabrese, del siciliano. «Aó!». «Daje!». Romani di Romania. Romani di Napoli. Romani di Sicilia, i miei preferiti: quelli con cui sono sempre andato più d'accordo.

Se non eri del posto, tutti ti guardavano male. E io ricambiavo. Anche una brava persona mi faceva un po' paura per il fatto che era di là. Invece magari era mille volte meglio dei miei vicini di casa pazzoidi, con le figlie all'English School che ogni mattina le veniva a prendere il pulmino giallo. Gli occhi assassini lui, il collo bloccato da una collezione di ernie lei, sguardo torvo da pantegana e le labbra sempre attaccate al microfono del cellulare, ma sempre, ogni volta che la trovavi per strada. Poi tornava a casa e scriveva biglietti per la minima briciola che sfregiava il marmo tenero delle scale condominiali. Robe sgrammaticate e piene di righe di punti esclamativi. Ce li faceva trovare appiccicati all'ascensore, tipo i bandi degli sceriffi medievali.

Perciò viva Tor Bella Monaca, viva Bastogi, viva il degrado. Viva il beato vivere fregandosene delle briciole sulle scale e degli anfibi sui davanzali e dei sacchi delle immondizie fuori dalla porta e dei mutandoni che sgocciolano sulle tende da sole zozze del vicino.

Avrei voluto vivere per sempre giù in fondo alle gerarchie della società che non capisce un cazzo. Per quel senso forte di amicizia – e orgoglio vero, ma umano – che respiravi. Altro che il viziato che ti girava la faccia e il cappottino a tre quarti alla prima luna storta.

Nella filastrocca divertente del condominio in cui uno faceva lo spacciatore, uno il contrabbandiere, una la mignotta, e quando stavano là dentro si volevano bene, volevo esserci anch'io. Era la prima cosa veramente buona che mi capitava di trovare, dopo il latte di mia mamma e le ricette di dolci della mia maestra. Il resto era ghiaccio sintetico. Usa e getta. Festicciole di ghiaccio, inviti ghiacciati gli uni a casa degli altri, auguri ghiacciati di buon compleanno, che poi si squagliavano. Filippo, Leo, Giovanni… Mi avevano riempito le finestre della camera delle loro ditate e il pavimento di tutta la casa di briciole di merendine, e adesso, per strada, neanche ci si salutava.

A Tor Bella Monaca c'era la musica a palla sparata da casse modificate dal geniaccio di turno. Auto che partivano sgommando e parcheggiavano inchiodando. Tattoo selvaggi. Profumi sfacciati, di cose da masticare o da succhiare. Palestre di boxe dove si imparava l'unica legge. Lontani dallo Stato boia, dal governo ladro. La gente si gestiva da sola e si prestava il sale e si raccontava la morte del congiunto o il matrimonio della figliastra sul pianerottolo. Senza messaggi sull'ascensore. Era come un senso di libertà e di calore nel nulla.

Solo una volta, mentre aspettavo Mario che era salito da suo genero… Facevo in modo di non guardarli, quei ragazzi tra i venti e i trent'anni, ma con la coda dell'occhio mi accorgevo delle frecce che partivano e le sentivo un istante dopo, quando mi beccavano sui fianchi o sulla schiena. Guardavo nel vuoto per dimenticarmi il Bulova, che avevo ficcato sotto il polsino del maglione, e il giubbotto azzurro con la scritta Diesel, troppo ben fatta per essere della stessa mano dei loro borsellini Gucci. Non facevano niente, per carità. Però era come camminare nella gabbia dei leoni e potersi consolare solo ripetendosi che avevano mangiato, che potevo stare tranquillo perché erano sazi.

Avevano voglia di far casino. Lo capivi. Voglia di aggredire il nastro trasportatore del tempo con tutto quello che c'era sopra. Avevo imparato a conoscerli, quegli sguardi. Su Instagram ne avevo trovati a centinaia.

Ma c'erano anche i sottovasi con il latte per i gatti randagi, la pranoterapeuta che toglieva i dolori gratis a tutti, sennò stava male lei, il balcone pieno di vasi di piante grasse e alberelli di limone con il cappotto di cellophane per proteggerli dal freddo.

Di razionale e semplice, in quei posti pazzeschi, c'erano giusto gli spigoli dei casermoni, che tagliavano le scorribande del ponentino: il resto non aveva forma, non aveva confine, non si sapeva da dove cominciava e dove finiva e sfidava gli altezzosi sempliciotti ad andarglielo a dire in faccia che così non funzionava. Embè, cosa funziona? Le imprese funebri funzionano? – gli avrebbero detto quelli.

A modo suo, quel casino caldo, quel brodo primordiale di umanità, funzionava. Anche se stava in equilibrio sopra un pallone in movimento, come la torre degli elefanti di Dumbo. La cosa veramente brutta era la quantità di antenne paraboliche che si vedevano fuori dalle finestre. Dovevano scatenare delle tempeste di onde da paura. Infatti a volte vedevi passare l'aspirante tronista e montare sulla Subaru azzurra con un alettone come una tavola da surf, o certe Marika senza portafoglio, come i ministri che si studiano in educazione civica… Dei culi uscivano, da quei casermoni… Delle influencer…

Il difficile era capire le parentele. Non c'erano mai mamma, papà e basta. Erano tutti divorziati o separati, magari anche due volte di seguito. Il compagno della mamma di Stefania. Il figlio della seconda moglie di Arturo. L'ex genero di Gaspare. La nuora dell'ex suocero del cugino di…. Io ogni volta mi prendevo qualche attimo per disegnarmi dentro uno schemino. Sennò mi sarei perso in quella selva oscura genealogica, che era lo smarrimento del mio smarrimento.

Mi piaceva essere diventato come un membro della famiglia di Emma. Quello che mi stava più simpatico di tutti era Salvatore, il siciliano. Anche perché era oggetto di una disapprovazione così totale, così unanime, che la prima volta che lo vidi volevo abbracciarlo. Ne avevo sentito parlare come d'o diavolo, con accanimento. Solo perché era un tipo all'antica e, quindi, piuttosto geloso della sua donna cicciotta, troppo sorridente e con il gusto delle battutine a doppio senso. Un bell'uomo, molto composto, faccia scura, generoso di fatti e non di parole. Era il compagno (tanto per cambiare) della vicina della famiglia di Regina. Cioè: di Regina, del cagnolino di Regina, della mamma di Regina, una milf piuttosto piacente, e del suo compagno, perché anche lì il padre di Regina aveva pensato bene di cambiare aria.

Ecco, il compagno della mamma di Regina era uno di una grettezza disgustosa. E guarda un po': era l'unico che avesse i soldi, come attestava la Mercedes nera parcheggiata nel garage della sua villetta. Invitava sempre i vicini di casa a cena, così cucinava lei, che era un fenomeno, e lui aveva tutto gratis. Una volta scucì loro perfino una bottiglia di vino che non era ancora stata aperta, uscendosene con un surreale: «Me la posso tené?».

Salvatore fu il mio Virgilio in quel casino di suoceri non più suoceri, di nuore non più nuore, dove tuttavia un posto anche per me lo si trovava, come nella macchinina della mamma di Emma. E magari era un posto così comodo e caldo che potevo sognarci dentro, come quando, da Regina, ci addormentammo tutti e tre, Emma, lei e io, sul divano durante il Festival di Sanremo.

4

Roma, sabato

Il giorno del centro commerciale. Così come la domenica è il giorno di Dio. Non ne abbiamo mai saltato uno. Con la mia famiglia ci sarò andato due volte in tutta la vita, a prendere l'aspirapolvere o il ferro da stiro. Da quando sto con Emma, invece, tutti i sabati li ho passati al centro commerciale. Perfetto sempre, buio mai, freddo d'estate, caldo d'inverno, uguale al nord, al centro e al sud. Meno male che c'è Mario, avevo pensato la prima volta. Lo stillicidio non durerà tantissimo.

Invece anche lui, lì, si trasformava in un tipetto irriconoscibile che dava consigli. Corda e consigli. E così dalla pancia della balena non si usciva più. Provati questo... Mi pare ch'è mejo quello...

«Dai, che sennò non riusciamo a far niente», ha detto la mamma di Emma, circa mezz'ora fa, pattinando intorno al tavolo della cucina per mettere via la bottiglia dell'olio e il pacco di salviette prima ancora che avessimo finito di mangiare. Abbiamo ingurgitato la pizza margherita scaldata nel microonde e poi ci siamo premuti in macchina. Caffè niente, lo prendiamo lì. Ho ancora tra i denti il sapore pastoso dei pezzettini di mozzarella poco cotti.

La coda arriva dal raccordo fino al parcheggio. Per entrare devi minimo mandare a fanculo dieci persone, superarne sette, fregarne tre.

C'è una pioggerellina fitta e sporca. Emma e io siamo un

unico femore sul sedile tarato su gambe di bimbi under 10. Per fortuna è freddo, per fortuna è inverno e sotto le giacche grosse posso toccarmela fino a consumarla. Adesso l'angoscia non mi dà fastidio. Si è trasformata. È solo un profondo che diventa ancora più fondo.

La coda è infinita. Mario procede a scatti, perché lì, se non sei scattoso, non ti sogni di entrare. Per ogni auto che lascia un parcheggio, devi rischiare il tutto per tutto.

«Nun gliela faccio più. Sto a stirà, mortacci de 'sti cojoni...».

Mario tasta con grandi sberle la tasca interna del giubbotto. Le trova. Ne sfila una. Se l'accende e la stacca dalle labbra con uno schiocco.

Arriviamo a conquistare un posticino solo dopo lunghi improperi e manovre millimetriche.

«Mo' daje, annamo», è la frase che Mario ripete sempre mentre si sgranchisce la schiena facendo ruotare i fianchi. Sempre.

Dentro, sembra di essere a Verona in via Mazzini nel weekend prima di Natale.

Nonostante tutta la gente, mi pare di spostarmi in un deserto, tra le onde di sabbia. Ogni volta che pensi sia finita, tac: scopri che era solo un miraggio.

Ci sono bambini che corrono su e giù dai giochi di plastica e tossiscono, mentre le mamme parlano sedute sulle panchine accanto ai loro sacchetti, famiglie che discutono su dove andare a mangiare. Una coppia litiga sotto le pubblicità di una profumeria con modelle sorridenti. I tavolini dei bar e dei punti ristoro sono tutti pieni.

All'improvviso Mario si ferma. Ostentatamente. Spalanca le braccione davanti a uno che avrà circa l'età sua ed è solo un po' più alto e meno panciuto.

«A mitico!».

«Oh, bellissimo! Che me racconti? Anvedi che bella! Chi è? Tu' moje?». Il tizio prende un tono affabile protendendosi verso Marisa. «Buongiorno, signora…».

«No no, France'», fa Mario. «Stamo insieme da du' mesi».

«Ah, daje. Che bello! E 'sti due chi so'? Pure voi state fidanzati?».

Rispondo io per entrambi.

«Anvedi che carucci! Ma quant'anni c'avete? Così giovani… Che belli…».

Mario mi arpiona la spalla.

«Vedi questo qua, vié da Verona a trovà la pischelletta sua».

«Mortacci de Nerone! Tutto 'sto viaggio chi te lo fa fa'?».

Farfuglio qualcosa. L'amico di Mario mi tira una pacca sulla spalla.

«No, daje, che stavo a scherzà. È proprio 'na bella cosa. Pure io quanno c'avevo quindici anni stavo innammorato de tutte le pischelle. Facevo er matto si me lassavano. Na vorta so' stato male perché quella grandissima fija de na mignotta m'ha tradito! E sai con chi? Cor mejo amico mio! Quer grandissimo fijo de na Nettunense. Su' madre lavora là…». Si stacca e mi fa l'occhiolino. «E io la vado sempre a trovà…».

«Allora daje, France'», fa Mario. «Domani se beccamo che ce sta er derby».

«Ma vattene a fanculo, riommanista stracciarolo!».

Mi si apre il cuore.

«Ma sei laziale?», faccio.

«Sempre, sempre. Forza Lazio a vita! Daje! Carica!».

«E pure io!», dico, esaltato.

«Anvedi questo qua, oh. Quindi sei pure tu aquilotto?».

Mario mi sovrasta.

«Vabbò, porello. 'N pochetto complessato, come te».

«Stamo a vede' domani chi so' i complessati», fa l'altro. «Ciao mitici!».

«Ciao Chicco».

Mario ridacchia. Scuote la testa. Scopro che ho appena conosciuto uno dei puttanieri più infallibili dell'Ostiense, uno separato quattro, cinque volte.

Marisa sfoglia il volantino delle offerte. Le vanno a prendere ogni volta tutte, non perdono un colpo. La pasta, il tonno, l'olio, la carta igienica.

Emma ha bisogno di un paio di jeans e di una felpa. Cominciamo a girare per i negozi della galleria.

Pimkie. Foot Locker. Oltre. OVS. Tim. Yamamay. Stroili Oro. Kiko. Primadonna.

«Ecco! Qui, qui, qui, ma'!», dice Emma. «Vado a guardare un momento».

Si precipita tra le porte scorrevoli. Prima di seguirla, Marisa esamina le vetrine vicine per non farsi scappare nulla.

«Tu, Alessa', stai a posto? Non vuoi guardare niente per te?», mi chiede.

«No-no, grazie».

«Se vuoi provarti qualcosa pure tu, non farti problemi, eh, ci fermiamo».

«Grazie», dico, con una voce piatta che non riconosco. Poi sento la vibrazione del telefono.

Visualizzo il messaggio di mia madre con una specie di haiku.

«Fai piccoli fori nel silenzio, pioggia».

Vero, dev'essere bellissimo come mi dice, ma per me è solo una scritta nera sul monitor, la fretta di passare oltre.

«Bellini quei leggings…».

Marisa indica con quel suo sorriso sognante un manichino illuminato da un neon arancione.

Emma fa una smorfia.

«Sì, ma ma'. Costano un casino…».

Marisa si avvicina al cartellino del prezzo e poi lo lascia andare. Come se avesse toccato una siringa usata.

«Maddai… Possibile? E cos'hanno di speciale?».

«Belli so' belli. E so' proprio de moda», fa Mario, avvicinandosi pure lui, con l'ancora del braccialetto che vorrebbe affondare per sempre insieme al ricordo della virilità perduta.

«Lo strappo», fa Emma, rispondendo a sua madre. «È la marca, ma'. Lo sai come funziona…».

La mamma di Emma torna verso il centro della carreggiata.

«Dobbiamo metterci a farli anche noi. Che ci vengono anche meglio».

Emma alza gli occhi.

«See, lo dici sempre, ma', poi non lo facciamo mai».

Ogni tanto ci guardiamo per qualche secondo in più ed è come se mi spuntasse di nuovo addosso la sensazione del suo corpo. È tutto chiaro e il futuro non è una scommessa che può andare o non andare: è solo questa cosa fantastica che continua nel tempo.

Dopo aver scansato per l'ennesima volta il crocchio di promoter con le casacche della Tre e le ragazzine dell'età di Giulio che corrono tenendosi a braccetto, torniamo da OVS per riprovare i pantaloni della prima volta, cioè di ormai due ore fa.

Il mio cellulare continua a fare anche lui piccoli fori nel silenzio che non c'è.

«Allora?».

Emma esce dal camerino fasciata da un paio di jeans appena più scuri di quelli che indossava prima.

«Carucci, no?».

«Mah», fa Mario.

Lei si gira verso lo specchio.
«Non ti piacciono?».
«Me pare ch'erano mejo l'artri».
«Eh?».
Gli scioglilingua di *Occidentali's Karma* che arrivano da fuori si mescolano agli strilli americani che pompano dentro il negozio e alle discussioni della gente e delle commesse. C'è un casino terribile.
Mario alza la voce.
«Me pare ch'erano mejo l'artri!».
«Ah», fa Emma, piegando la testa. «Sì, ma so' tanto tanto stretti…».
Mario si gira verso di me e ammicca.
«Ma che stretti! Pe' me so' giusti».
Emma si guarda di nuovo.
«Questi sono bellissimi», fa. «Però… Quegli altri magari li riesco a mettere di più. Ma', hai presente con le scarpe nuove?… Alessa', dai. Tu? Che dici?».
Non riesco a non sorridere.
Emma mi butta un'occhiata torva.
«Meglio questi», faccio.
Lei ghigna.
«Ma se non li hai neanche guardati. Questi sono così, a vita più alta».
Alza la felpa e con un mezzo giro fa vedere la curva della pancina che sporge oltre la chiusura strettissima. Quel debordare della pelle mi rimescola lo stomaco.
Si storce ancora di fronte allo specchio del camerino. Guarda sua madre.
«Sicuro che non mi fanno troppo il culo questi?».
«Ma no, stella. Vedi come ti stanno bene anche sulle gambe».

«Sì...». Si fissa ancora. «Uff. Non so. Vediamo intanto per la felpa».

Un altro sabato. Siamo entrati da via Cristoforo Colombo alle 11. Ora sono le 17 e qualcosa. Giro per negozi, pranzo al ristorante, puntata alla Apple a toccare gli ultimi computer e IPad, ricariche, spesa settimanale. Io e Emma ce l'abbiamo fatta a sganciarci e adesso siamo dentro la macchina in uno dei quattromila posti del parcheggio infinito; sua mamma e Mario stanno cercando di farsi cambiare un frullatore a immersione comprato la settimana scorsa.

Abbiamo fatto partire il riscaldamento. Fuori è già un buio puntinato di fari, moto e insegne luminose.

«Mettiamoci dietro», dico, mentre il caldo del giaccone che ha tolto mi impasta le dita.

Emma non se lo fa ripetere.

Ridacchia. Si mette a quattro zampe, appoggia la mano sullo schienale del guidatore e salta dietro, soffiando. Io ci metto di meno.

Le prendo il viso tra le mani e comincio a baciarla come avevamo fatto a casa nei dieci minuti in cui Marisa era andata incontro a Mario. Le bacio la bocca dolce di crepe. Nelle foto che fa per me è sempre socchiusa e la punta della lingua mi sorride. Le guance. Il collo. I lobi delle orecchie, dove ha strofinato il profumo al mughetto di un tester. Lei schiaccia la testa sulla spalla, respira forte.

Sotto i denti sento la sua giugulare che batte. La mia s'ingorga. Mordi! Mi morde. Non sono più baci: sono scariche elettriche e vuoti dentro. Mi vendico. Anch'io mordo quel bianco dove non c'è un osso che sporga secco e tutto è arrotondato, smussato, gentile.

Le sue mani mi premono la schiena e scendono. Affondo il naso tra i suoi capelli e inspiro.

Emma si tira indietro e fa una smorfia.

«Eddai co' 'sta cosa…», bisbiglia.

Lascio perdere.

Non c'è bisogno che le guidi la mano: l'ha già tuffata nei miei jeans. Controllo da sopra la sua testa le auto vicine. Non c'è nessuno.

La guardo attraverso gli occhi socchiusi, in tutto quel buio fuso del parcheggio C.

E mentre sta succedendo almeno una cosa di tutto quello che mi aveva promesso, e io penso di aver capito che sono solo un banner su Pornhub con scritto «click here», perché più su di così non c'è nient'altro, la portiera si apre di scatto e parte la sirena della voce di Mario, che infila la testa in macchina e appoggia un pacchetto sul sedile vicino. Il cuore mi manca un colpo. Mi tiro indietro da Emma, mi viene da far finta di aver perso qualcosa in basso, sotto le bocchette dell'aria, ma mi rendo conto che il tentativo di depistaggio è uscito non male, malissimo.

Emma, tra l'altro, è mezza svestita, tutta spettinata e con le guance rosse. Vabbè, quelle magari nella penombra non si vedono.

Sua mamma si butta sul sedile.

«Ahhhh, finalmente seduti».

Sistema il sacchetto vicino alla borsa, si rimette comoda. Perfettamente indifferente.

«Nun la potevo vedè a quella», fa Mario. «Mortacci sua. Simpatica come na bolletta der conto corente».

«Daje, Mario. È il suo lavoro», protesta Marisa, sempre con quella sua voce sottile.

«Aridaje! Il lavoro lo poi fa' in tante maniere. Anche senza rompe er cazzo ar prossimo».

Infila la marcia, cammina con la macchina verso l'uscita, paga il pedaggio. Suona il clacson.

«E mo' che fa questo? Stamo a fa' er giro de le sette chiese?».

5

Roma, Ciampino

Siamo tutti nel salotto di casa di Emma, distribuiti tra il tavolo con il resto della cena e i divani. Mario sta semidisteso, abbracciato a Marisa, e senza farsi vedere troppo di tanto in tanto guarda l'orologio.

Sono quasi le nove e stasera si gioca Inter-Roma.

«A che ora dovemo sta' là?».

«Scuola comincia alle 8», fa Emma. «Da qua ci si mette un quarantacinque minuti, col traffico. Boh, fate voi».

«Tu a che ora ti svegli, stelli'?».

«5,40, che sennò non riesco a far tutto».

Mario tende le gambe, tira su la schiena con un sospiro.

«Mo' è mejo che annamo, Alessa'».

«Be'», fa la mamma di Emma accarezzandogli la schiena. «State ancora un pochino, finiamo di vedere il telegiornale».

«Poi a quest'ora non riesco a dormire neanche se voglio», dice Emma.

Mario si riassesta nel suo abbraccio e ricominciamo a vedere il telegiornale.

Un po' prima delle nove si rimette in piedi e ci salutiamo tutti.

Appena fuori, comincia a divorare la strada che lo separa dalla macchina parcheggiata. Affonda la chiave, spalanca la portiera, si piazza al volante, richiude. Io gli sto dietro.

«'A radio, Alessa'! Daje!».

Lo aiuto girando la manopolina fino a raggiungere un volume accettabile. Lui ingrana la marcia e la vecchia Alfa parte sul ghiaino con un ruggito.

La radio era già sul canale giusto. La voce squillante e calda del giornalista è già attenta ai movimenti.

«...lo scambia ancora con il giocatore belga, prova a far filtrare un pallone che viene catturato da Gagliardini, De Rossi va a sbarrargli la strada...».

«Alza, alza».

«...con Antonio Candreva quando i minuti sul cronometro sono undici nel corso del primo tempo e il quadro parziale è ancora fermo sullo 0 a 0. Guadagna molti metri Candreva dal punto di battuta dal quale doveva rimettere il pallone. Poi Costa...».

La radio ha un momento di defaillance.

«...che fa fuori...».

La voce del giornalista si rompe di nuovo in una serie di gemiti inglesi su base di chitarra e basso.

«Chi fa fuori, mortacci?», domanda Mario al cielo, mentre si accende una sigaretta tenendo il volante con gli avambracci e comincia a fumarla a boccate piccole e continue.

«...guadagna la rimessa laterale, a sua volta fa carambolare il pallone sui piedi di Brozovic...».

Di nuovo il ritornello pop.

«Ma 'sta disgraziata! Nun se pò, nun se pò così!», impreca con un gemito.

Stiamo andando a 89 in una strada con il limite di 50. Fuori non si vede niente, a parte qualche albero laterale che sfreccia come se avesse un motore interno.

A un certo punto si gira verso di me.

«Alessa', che te funziona internet?».

«Sì, sì, va».

«Oh, dai n'occhiata là».

Comincio a digitare per gli aggiornamenti della partita in tempo reale, apro una nuova scheda e ho una specie di vuoto d'aria: abbiamo fatto il passaggio a livello. Fuori è sempre un buio praticamente totale, come stare in una botte, e se non sbaglio questa stradicella di campagna è quella che di giorno è lastricata di mazzi di fiori, fotografie e bigliettini sgualciti con scritte a mano.

«Sempre 0 a 0», faccio.

La radio ha un momento di grazia.

«...seppur all'interno della propria metà campo, sono accoppiati i giocatori proprio all'interno del terreno di gioco. Insegue Kondogbia Strootman, il tocco sulla sinistra...».

La macchina curva e mi trovo mezzo sbilanciato a sinistra. Per un momento ho pensato davvero che potesse ribaltarsi. Poi una perfetta inchiodata da film.

Non mi ero accorto che fossimo arrivati, tanto siamo andati veloci.

Mario salta giù, non chiude neanche la macchina.

«Dopo, dopo».

Corre all'ingresso, spalanca la porta. Si precipita in camera.

«'ndo sta, 'ndo sta...», mastica tra i denti.

Cerca il telecomando, poi lo trova, ci preme sopra come se all'altro capo fosse appeso un bambino condannato a morte da salvare.

Lo schermo esplode nel verde della partita, con il commento ad altissimo volume.

«...latriangolazionetraidueancoraNainggolaninposizionedialaevitaGagliardinisiaccentraallaconclusioneedè... RETE! RADJA NAINGGOLAN!».

Mario parte e salta con le scarpe sul letto.

«SEEEEE! SEEEEE! SEEEE! SEEEE!».

Il suo grido di giubilo copre perfino i cronisti, che intanto continuano a esclamare:

«...un gol magnifico del Ninja! un pallone a giro! verso il secondo palo! il numero 4 giallorosso ha esploso una conclusione assolutamente imprendibile! nulladafareperSamirHandanovic. Siamo al dodicesimo minuto, nel corso del primo tempo. Cambia il parziale al Giuseppe Meazza. Ha segnato la Roma. Ha segnato Radja. Nainggolan. Ottava rete in campionato per lui. E che rete! Un gioiello, un vero e proprio gioiello».

«Seeee! Seeee! Bello de zio! Bello de zio!».

Schiocca dei baci verso la televisione, fa ancora qualche balzo con le mani in alto, poi scende, si mette seduto. Stringe il pugno tirandolo verso di sé.

«Sè».

«L'ho detto io che quer ragazzo c'aveva un piede speciale, l'ho detto. De cristo. A Lucia', stamme a sentì», urla, rivolgendosi direttamente all'allenatore.

«E mettite comodo, Alessa', che mo' se divertimo. Eddaje, stasera fa 'npo' er romanista».

Gli sorrido. Non faccio fatica ad assecondarlo. Mi tolgo le scarpe per salire sul letto, mi distendo.

Mario agguanta il posacenere e lo mette sul comodino accanto a noi.

«Ecco qua. Sigarette. Posacenere. Ce sta tutto».

In effetti, di sigarette ne fumiamo eccome. Al cinquantesimo minuto l'aria è abbastanza satura.

«I minuti sul cronometro sono undici nel corso della ripresa, Roma in vantaggio per 1 a 0, Inter che però spinge col nuovo entrato Éder, il pallone sulla destra parte il traversone in mezzo arriva a chiudere la diagonale Bruno Peres, alla caccia del pallone Nainggolan...».

Mario si tende sul letto.

«Annamo...».

«...che evita l'avversario, lo fa in maniera regolare secondo l'arbitro, attenzione, tre contro tre, contropiede della Roma,».

«Dajedajedajedaje!».

«Nainggolan che avanza, il taglio di Salah».

«A 'mpunito!».

«Nainggolan, Nainggolan, DESTROOOOO!».

«DAJEEEEEEEE!».

«RADJA! IL NINJA! NAINGGOLAN! IL RADDOPPIO DELLA ROMA, ancora una volta un gol fantastico del numero 4 giallorosso...».

«Alessa'! Nun lo vedi, Alessa'... a disgraziato! Me sta a fa piagne me sta!».

«Doppietta personale per lui, tracciante, a mezz'aria, sotto l'incrocio dei pali. Alla destra di Samir Handanovic. Nulla da fare per il portiere dell'Inter. E Roma che ora conduce per 2 a 0».

Mario tira su con il naso, non so se ha pianto davvero o è l'effetto del fumo.

«Eh, nel momento migliore dell'Inter è arrivato questo contropiede da manuale da parte della Roma, ci sono delle proteste da parte dei giocatori dell'Inter che avrebbero voluto un fallo che non è stato fischiato, non è stato ravvisato».

«Ma che fallo e fallo, che stanno a di'!».

All'ottantunesimo segna Icardi, ma poi Perotti all'ottantacinquesimo porta il risultato sul 3 a 1 finale. Alle undici, pieno di adrenalina io, gonfio di una pace prenatale Mario, spegniamo tutto.

«Abbbello... Che te stavo a di' io? Mo' me ne posso andà a dormì in pace».

«Fino al derby...», sussurro senza crederci troppo.

«Te possino...», mi sorride Mario agitando la mano per l'aria e poi facendo un segno di saluto.

Entro in camera. «Camera tua», ripete sempre Mario. «Come tu la lasci, così la ritrovi...», ripete sempre, ma sempre, bello compiaciuto, aprendo la porta sul rettangolo di aria gommosa tanto è stantia, sul dito di polvere che c'è dappertutto, e pure, stavolta – me ne accorgo chinandomi a prendere l'accendino che mi è rotolato sotto il letto – la macchiolina di vomito dell'ultima volta che sono sceso, e non so se era la pizza ultrafarcita o l'influenza ma ero stato male di notte. Avevo pulito come potevo, senza accorgermi che mi era scappato uno schizzo.

Imposto la sveglia alle 5,50. Ne aggiungo un'altra, alle 6,10. Mi butto sul materasso senza togliere i pantaloni. Mi sento stanco come se l'avessi giocata io, la partita. Adrenalina a fiumi e soddisfazione solo per Mario.

Dopo qualche minuto mi metto sul fianco. Poi mi rigiro sulla pancia. Abbraccio il cuscino. Lo rifaccio un altro paio di volte. Aspetto un po' disteso sulla schiena, pensando alle cose mie, che significa ravanare nel cappello di Mary Poppins. Niente. Nonostante la stanchezza da catalessi. Non c'è verso di riuscire a dormire. Sarà la corsa da ritiro della patente per tre reincarnazioni successive, il casino della partita, l'odore di fumo soffocante pure per me, ma stare a letto è perfettamente inutile. Guardo il cellulare. Una e tredici. Vado in bagno. Torno.

Continuo a inventare alibi. Non per me: per lei. È un braccio di ferro: fidarmi-non fidarmi. Ma voglio sguazzare in quest'acqua torbida lo stesso. Non me ne frega della verità, neanche se viene a inginocchiarsi ai miei piedi.

Mi perdo in una corsa di immagini veloci che mi passano per la testa e a un certo punto diventano filanti.

Alle 5,50 la gallina impazzita scaricata da internet deflagra nel buio e comincia a chiocciare.

«Coccodècccoccodèccoccoodeècoccoodeèdeèèèèdeèèèèè».

Allungo la mano verso il pavimento e raccolgo il cellulare.

«Coccodècccoccodèccoccoodeècoccoodeèdeèèèèdeèèèèè».

Ma c'è in contemporanea un altro suono che ha del bestiale. Gutturale, oscuro, in sottofondo, che a tratti copre perfino la gallina. Sono ancora mezzo addormentato e non riesco a distinguerlo bene.

«Coccodècccoccodèccoccoodeècoccoodeèdeèèèèdeèèèèè».

Premo sullo schermo. La gallina tace di colpo. Per un attimo la camera piomba nel silenzio.

Stiro sotto le coperte i muscoli delle gambe. Non è che mi senta benissimo, con le tre ore e qualcosa che avrò dormito, dopo aver fatto su e giù per la casa studiando a memoria tutte le cartoline appese sul frigo di Mario.

Mi giro sul fianco.

Ecco che riparte quella specie di ringhio alternato.

Mi tiro su dal letto, raccolgo dalla valigia i vestiti puliti e cerco di avvicinarmi alla fonte del rumore. La camera di Mario.

Non mi sembra neanche una cosa umana.

Passo in bagno. Mi lavo, mi vesto. Il russare di Mario oltrepassa perfino la porta e il rumore della doccia.

Alle 6,15 io ho finito tutto e la sua stanza ancora rimbomba. Rischiamo di arrivare da Emma in ritardo.

Aspetto ancora qualche minuto, ricontrollo la valigia, WhatsApp, il biglietto del treno, poi, piano piano, entro da Mario. Mi avvicino al suo letto come nuotando controcorrente.

È una specie di miracolo della natura. Sembra di stare vicino a un orso delle caverne. Roba che, a confronto, nonno Sergio è la Tesla.

«Mario», faccio, a bassa voce.

Non dà segni di vita. Ha gli occhi chiusi e la bocca semiaperta schiacciata sul cuscino.

«Mario».

Niente. Ho paura che se alzo di più la voce quello mi ammazza.

«Mario!».

Mario apre un po' un occhio ma poi lo richiude, muove le spalle e si assesta meglio sul cuscino.

Gli scuoto delicatamente il braccio, alzo appena la voce.

«Mario, sono le 6,15».

«Mh».

«Ti ricordi? Dobbiamo andare a prendere Emma».

«Hm».

Forse le uniche che ce la possono fare sono le galline. Vado di là a prendere il cellulare.

Quando torno, lo trovo seduto in mutande sul bordo del letto.

«Ue'», mi fa.

«Ciao!».

«Ma che ora è?»

Glielo dico.

«Sei e cosa?».

«Mezza».

«Tacci tua, Alessa', devi venimme a svejà però».

«Ma guarda che ti sono venuto a svegliare!».

«Ma che davero?».

«Solo che non ti svegliavi proprio».

Mario sussurra, per non farsi sentire, ma lo sento lo stesso: «Me' cojoni».

6

Roma, Ciampino

Ha una sua pigrizia ipnotica, un fascino viziato la Roma dei poveri. Fatta di un computer in camera, anche se da duecento euro. Uno stereo. Uno specchio grande sull'antina dell'armadio. Un letto a una piazza e mezza che fa il ponte sopra la scrivania, con la scaletta per montarci sopra. Una collezione di collanine di finti Swarovski regalate ai compleanni.

Emma però è quella che ha avuto di più. Suo padre qualcosa le ha sempre dato. È un alcolista schifoso, ma c'ha la bella macchina, la bella moglie di vent'anni di meno, e fa le vacanze a Formentera. Sua moglie la chiamano «il canarino», perché è biondissima e sta antipatica a tutti. Vacanze a Formentera, sì, ma Emma raccontava che l'unica cosa che mangiavano per pranzo era una pesca: perché dicevano che ingrassare al mare era brutto. Bugiole per non svuotarsi le tasche nei locali della movida easy.

Il mio braccio sinistro sbatte contro la faccia di Tiziano Ferro. Ci sono tipo dieci suoi poster attaccati alla parete. Avevo bisogno di stiracchiarmi: è il secondo film che guardiamo. Mi sento rattrappire le vertebre del collo, ma c'è il caldo della gamba di lei che mi incolla.

Prima, Emma ha voluto giocare su Friv. Poi ascoltare musica. Di parlare non ha troppa voglia. C'è qualcosa di strano. Me ne accorgo ma non me ne accorgo. Non me ne accorgo, ma c'è qualcosa sul fondo che sta avanzando verso di me dal futuro. È a questo che servono i film, la musica, i giochi.

Forse anche Emma ha solo paura di qualcosa che dal futuro si sta muovendo verso di lei, e non sono io, io non potrei volere altro che stare attaccato al caldo della sua gamba. Non capisco e capisco e non capisco. Ma intanto riesco a mettere una mano sotto la sua maglietta, appena la ronda dei familiari si calma un attimo. Dobbiamo stare con l'orecchio teso, anche se Marisa e Mario sono andati in palestra, perché c'è il matto che continua a girare. Finché sentiamo «Vabbè, mo' scendo pur'io», e la pesante porta blindata che si chiude.

Mi giro verso Emma. Lei mi guarda e mi dà il bacio che serve a riempire lo spazio bianco che si è creato all'improvviso.

«Ecco, adesso sono via tutti. Potremmo fare qualcosa», dice.

I suoi occhi sono irrealmente chiari. Artificiali. Ma dentro scommetto che c'è tutta l'emozione bloccata oltre il vetro. L'amore che ha per me. Deve esserci da qualche parte, deve. L'amore grande, l'amore di WhatsApp.

E così le infilo la mano nel perizoma, l'indice e il medio tra la carne e l'elastico stretto, che mi strozza, mi incolla le dita alla sua carne morbida. Ci passo sotto fino al polso. La curva del culo e poi, più in basso, in mezzo, qualcosa di liquido, caldo. Qualcosa che freme. E comincio a sudare. A sentire i vestiti che ho addosso pesanti come se fossero di ferro, inutili come una barzelletta muta. Sento il viso che pulsa, scoppia di caldo e mi metto a spingere con le dita. Ci vuole coraggio. Bisogna avere qualcosa di veramente importante da cercare perché ti venga di farlo con tutta quella passione. Emma chiude i suoi occhi di vetro e cade. Gli ossicini fragili della sua mano mi afferrano con quell'ansia, quel bisogno che ha solo chi sta cadendo.

Si gira, si tende. Le labbra che mi ha promesso nelle foto, l'idea del sapore di gelato della prima volta che mi ha mandato un mezzo video porno. Tira fuori la lingua e un po' me la caccia in gola un po' la offre come un tappeto rosso, vellutata e caldissima, mentre io sento una sensazione simile anche sotto la mano bagnata, e intanto le ho abbassato il perizoma fino alle ginocchia e spingo il mio bacino contro il suo, fino a farci male.

Emma smette solo per dirmi, roca: «Se vuoi, puoi scegliere il buco».

Niente balconi di Giulietta e firme sul muro con i cuoricini intrecciati. Lei il sesso lo ha imparato sporco. E sporco dev'essere, il più sporco possibile, non una marmellata dolce.

«Entrambi», rispondo.

Adesso si è tolta del tutto i leggings e le mutande e mi è salita in braccio sulla sedia, le cosce carnose strette intorno alle mie. Mentre alzo il bacino e spingo in giù i jeans con le anche ricomincia da dove si era interrotta; ora lo fa più forte, mi prende la pelle del collo tra le labbra e tira, con la lingua e i denti, fino a farla diventare nera, fino a esasperare la mia voglia di entrarle dentro, dappertutto.

La respingo con il viso, lo abbasso sulle sue tette prendendo i capezzoli in bocca, insieme. Li stringo, grossi e scuri, succhio forte il loro sapore spigoloso.

Tira indietro il collo come le ragazze delle clip hard. Urla come loro. Mi guarda con gli stessi occhi semichiusi e affilati, stesse smorfie, stesso tutto. Si gira come loro. Si appoggia alla scrivania come loro, mettendo un braccio sul piano e facendo un gesto come per aprirsi le cosce. E io me la prendo, in piedi, dall'altro lato.

Spingo finché sento la sua schiena cedere, la carne cedere anche dove è più stretta. Gli schiaffi ritmici e sudati della mia pelle contro la sua. È quello strano amore di quando senti che sei l'inizio e la fine di un'altra persona. Entro sempre di più. Come il Rocco Siffredi dei tempi d'oro.

7

I lunedì erano brutti. Il solito lasciarsi scorrere dell'Adige, i soliti tigli secchi fuori dalla finestra. Il solito andirivieni di macchine che non trovano parcheggio e finiscono per piazzarsi davanti ai cassonetti della carta e del vetro. Il solito grigiume negli occhi, nel naso, nelle orecchie, in bocca, addosso. Un silenzio interrotto solo da rumori funzionali e freddi.

Ero sbronzo di Roma, rincretinito. Non era solo Emma. Era tutto quel circo di voci, movimenti, colori, gratuiti e abbondanti, che per me erano una novità assoluta. La libertà e la novità. Di sicuro non era solo Emma.

Non ho fatto una prima ora di lezione, il lunedì, per almeno due mesi. Mi firmavo da solo la giustifica di entrata alle nove e intanto fumavo su una panchina del piazzale delle Poste, vicino a dove si metteva il mendicante con il cartello più azzeccato che avessi mai letto, una poesia della fatica sociale:

«Disagiato.

Senza casa.

Senza lavoro».

Guardavo le facce della gente e come le mamme e le baby-sitter parlavano con i bambini piccoli che venivano a buttare briciole di pane ai piccioni, e mandavo messaggi a Emma, che tanto da lei si riusciva a usare il telefonino anche in classe. I miei compiti restavano scritti solo sul registro elettronico, ma i suoi li facevo appena me lo chiedeva. Mi ricordo una volta che le ho mandato un vocale di venti minuti sulla seconda guerra mondiale. Uno spettacolo di lezione, pure con le date perfette. Avevo ancora tutto stampato in testa dalla terza media, e senza aver studiato sul libro, solo perché mi era capitato un fenomeno di professore, autorevole e insieme buono, buono e insieme autorevole.

Grazie per i pranzi e le cene e i giri turistici gliel'ho detto eccome, a Emma, e veramente sono stato gentile che vorrei vedere quante di queste qua del centro, che scendono dalle loro Maserati e Porsche Panamera, ricevono certe attenzioni.

In casa invece ero un disastro. Mi stavo ritagliando via con le forbici dalle foto di famiglia. Non sentivo più il braccio tiepido di Giulio vicino al mio, mentre mostrava il grappolo di funghi spuntati nel tronco cavo, l'odore di cucciolo dei ricci di Matteo seduto sul passeggino con il Sassopiatto sullo sfondo o a cavalcioni delle mie ginocchia sul letto giallo. La zia. La nonna. La mamma. Le loro tre gradazioni di biondo. Ma come ho fatto?

Ogni giorno, sul tavolo della sala, avevo trovato una torta squisita. Fatta dallo chef migliore che c'era. Azzurro cielo, giallo narciso, viola glicine, arancione estate – come la nostra stanza dei giochi, lo studio, la camera. E mi precipitavo con la bava alla bocca a raccogliere un tozzo di pane caduto di bocca a un cagnaccio randagio. Ma come ho fatto?

A girare a vuoto per ore come se fossero stati loro a cacciarmi di casa. A portarmi sulla schiena la camera lercia della casa di Mario e a strisciare come una chiocciola via dal mio mondo bello.

Ma è l'umanità che è pazza – con tutta la sua grande storia di grandi guerre e di grandi conquiste e di grandi massacri. Pazza.

Andavo di nostalgia in attesa, praticamente senza toccare terra. Tanto, a terra cani e piccioni avevano lavorato ben bene, anche se lì c'erano le mie radici. Tra quelle profumate dei tigli. C'erano Giulio, la zia, Matteo, i nonni. La mamma, con Alice che le cresceva dentro. Sembrava appiccicata con la colla al suo bel corpo da ragazza sportiva. La cosa più cattiva che mi aveva detto la mamma nella sua vita, vedendomi incarognito di malinconia in un giorno dei primi di settembre, luminoso, limpido, perfetto, ma muto, era stata: «Ma non saranno mica un problema tuo le cicale…».

Volavo a un palmo dal suolo, e il piccione ero io, il bastardo che sporcava la terra che mi aveva fatto la sorpresa della vita, e me l'aveva rifatta innumerevoli volte. Ero io. Il piccione stramaledetto. Io.

Per tutta l'estate con Giulio avevamo fatto i chilometri in bicicletta fino a rischiare di incastrarci i pedali. Il mio amico su misura – e io per lui. Dai dieci anni in poi, non c'è stata una volta che abbia litigato con quel mio fratello coraggioso, leale, forte, di muscoli e di nervi, sveglio, perfetto anche con il suo muso da bimbo accanto a me, che già mi radevo i baffi perché sono un nevrotico perfezionista.

Giulio… Era di là nella sua stanza a fare i suoi compiti al fulmicotone o a provare trucchi con le carte. Guardava i maghi su Youtube e poi provava e riprovava finché ti lasciava secco a cercare il re di quadri che non era più dove lo avevi appoggiato. Era di là con i piedi che giocherellavano con il pallone di cuoio sotto la scrivania. Un Messi con il ciuffo avvitato in un boccolone biondo, capace di infilarmi tunnel invisibili sotto il cavallo basso dei pantaloni. Con un quarto d'ora di compiti al giorno si assicurava la sua media del 7-8, roba che il gruppo WhatsApp delle mamme della sua classe quasi lo linciava quando passava. Semplice. Efficiente. Forte.

Io ero stravaccato sulla poltrona dello studio con il cellulare in mano, con le falangi che preparavano artriti e artrosi. Lontano di una galassia. A tratti mi veniva un groppo, ma poi passava.

Continuavo ad andare avanti in retromarcia. Avanti. Avanti.

Di notte rotolavo su un fianco e la mano trovava all'istante il tasto laterale del cellulare. Tepore dolce, una brezza tra le costole. I tre cuori di Emma che non avevo fatto in tempo a raccogliere. Occhi sbarrati, fantasmi che tumultuavano. Solo i messaggi di Christian, di Paolo, della mia compagna di banco con gli schemi di scienze.

Al mattino, mentre risalivo il corridoio in mutande, guardavo la foto nuova di Emma su Instagram. E soprattutto quelli che le mettevano i like.

Spesso veniva fuori un nome. Vito Principe, di Castellammare di Stabia. Tag insidioso sotto le foto: #vitoprincipe.

La terza volta che Emma provò a lasciarmi fu per colpa sua.

Si svegliava, si girava un momento nelle lenzuola calde dei suoi sogni agitati e dei miei, si coccolava nella pigrizia che le permetteva di passare anche un'intera giornata in pigiama a ciabattare con le pantofolone a forma di dalmata – la mia micia flemmatica, tanto soddisfatta di sé da lasciarsi scorrere le ore addosso guardando la luce che filtrava dalla fessura dei suoi occhi verdeazzurri, succhiandola piano, piano, piano. E decideva di lasciarmi. Così, solo per fare qualcosa che le permettesse di non muoversi dal letto. Io che magari ero in giro dal mattino con quella roba dentro che non posso mai stare troppo in casa, che devo uscire anche se ho la febbre.

La prima volta fu dopo tipo tre o quattro giorni dal fidanzamento. Mi scrisse un messaggio lungo e piuttosto compito, da secchioncella, in cui diceva che la distanza la faceva troppo soffrire.

Le foto che mi mandava… Quando mi si è rotto il cellulare, mi sentivo Napoleone a Waterloo – e sì che ci eravamo già lasciati definitivamente e se chiamavo dentro di me il suo nome non mi si materializzava più addosso la sua pelle soffice.

Io e la faccina che arrossisce su WhatsApp sappiamo che razza di foto erano.

Le alternava con un istinto da killer a quelle innocenti con le treccine, con mamma e Mario seduti a cenare, con Rossana, un'altra sua migliore amica, che la baciava sulla guancia. Non le importava neanche di nascondere il mucchio di vestiti in disordine sul letto e per terra. Sapeva che non potevo farci caso, quando in primo piano c'era il bianco delle sue cosce, i pantaloncini che si gonfiavano di marshmallow mangiati nella quantità perfetta, sempre qualcuno di troppo, e in secondo piano il viso con uno sguardo velato.

La seconda volta che provò a troncare fu una sera che stavo guardando *Il camorrista*. C'era il dialogo da brividi tra il giudice e Cutolo. «Ma, vede, signor giudice, se io sono un pazzo, mettiamo per esempio che a sua moglie e a suo figlio succede qualcosa… lei starebbe male… e allora pazzi saremmo in due…». E lì partiva quella colonna sonora psichedelica azzeccatissima sullo sguardo allucinato di paura del giudice.

Sentii la vibrazione del cellulare. Non riuscii a fare a meno di girarmi.

Nessun cuore. Solo un messaggio, un po' maiuscolo un po' minuscolo, in cui montava una polemica perché diceva che avevo insultato Virginia. Non era vero. Le avevo semplicemente detto che lei era molto più bella. Avrò esagerato dicendo che l'altra era cessa. Vabbè. Ma Emma riusciva a far sembrare anche le mie compagne di scuola più belle su Instagram, quelle che si facevano preparare il book dal fotografo professionista, quelle che avevano i capelli biondi come colate di miele e gli occhi della più fine acquamarina, delle cesse inguaribili. Quei musini sicuri in quegli abitini eleganti bianco ghiaccio…

Litigammo di brutto. Lei tirò fuori un mucchio di stronzate. Disse che anche Virginia le aveva parlato male di me. Scrissi come una furia pure a lei, partendo in quarta, stavolta sì, con gli insulti, stuprandola di parolacce, la povera Virginia. Lei cadde dalle nuvole. Io insistetti e le diedi della bugiarda. Passammo almeno un'ora in una battaglia telefonica in cui menavo colpi di clava sul suo fioretto. Finché non mi rispose più. La clava mi si squagliò in mano. Le telefonai. Una volta. Due. Impostai la ricomposizione automatica del numero. Alla ventitreesima telefonata o giù di lì, mi scrisse che doveva fare i compiti e che potevamo parlarci un paio di ore dopo. Intanto Emma continuava a stare muta e a non essere online.

Quei tempi morti. In mezzo anno circa, vissi forse per un mese. Per il resto, aspettavo fumando, immaginando pugni in aria, precisi da allungarmi il braccio, o tempestando la mia faccia di ossesso. Cercavo di distruggermi. Così la malattia passava in un'eutanasia di stordimento.

Ma poi di nuovo tornava la morsa nello stomaco, il guardarsi frenetico di qua e di là per trovare, se non una strada, un viottolo, se non una ragione, un trucco.

La terza volta che parlò di lasciarsi durò fino alla fine, con un tira e molla fatto di innumerevoli varianti, perché io ero fesso ma non fesso del tutto.

C'erano appunto queste foto con taggato #vitoprincipe. Ero andato sul suo profilo. Vito Principe, Castellammare di Stabia. Faccia saracina, diciassette anni, ripetente seriale, addominali a tartaruga. Avevo trovato vari commenti di Emma sotto le foto. Che bello. Che carino con il fratellino.

Le chiesi chi fosse. E lì cominciò il romanzo più intricato della sua follia. Perché fu follia, non scaltrezza, non trucchetti da predatrice, anche se il risultato su di me, purtroppo, fu esattamente lo stesso.

Cominciò a dirmi di questo ex che l'aveva fatta soffrire. Mi sentii il sangue diventare caldo e freddo in una frazione di secondo.

Era uno che la faceva stare bene, Vito. Prima di farla stare male, ovvio. Perché l'aveva tradita e adesso stava con un'altra con la voce sospirosa da pop star. Però per lei era ancora qualcosa e non dovevo incazzarmi se le tornava in mente, perché c'era ancora quel brandello di dolore.

Mi aveva girato completamente le spalle. Piagnucolava. I toni che usava, la ricchezza di particolari delle cose che mi raccontava: una parla così solo a un amico di cui non gliene può fregare di meno. Non dovevo pretendere che lei non gli fosse ancora un po' legata, protestava. Erano stati insieme.

Ho preso a pugni le piastrelle del bagno ripetendo quel nome. Ho ancora sulle nocche dell'indice e del medio un callo tondo. Una volta mi sono riempito di pugni la guancia fino a sentire lo sclok dei denti.

Era il modo in cui ne parlava a mandarmi fuori di testa. Sembrava estrarre quel nome dalla parte più profonda di sé, scivolosi oscuri luoghi che io non sapevo come si raggiungessero. Vito sì che lo sapeva. Stava laggiù laggiù a sorridere con un cappello da rapper con la visiera girata come i miei amici kebabbari curdi, la catenona d'oro, la tartaruga degli addominali, i bicipiti grossi sotto la T-shirt, i pantaloni con il cavallo a mezza coscia.

Avrei dato tutte le piotte che avrebbero fatto felice Mario per tre generazioni pur di cambiare i miei occhi celesti tanto amati dalle nonne della città con gli occhi tondi e scuri di Vito, le mie sopracciglia ad ala di gabbiano con il sopracciglio nero di Vito inciso dalla rasatura verticale a metà, il Bulova che mi aveva regalato mio padre e le cravattine di seta milanese anni Cinquanta del pro-prozio con una catenona dorata che mi accarezzasse lo stomaco.

E mi toccava pure consolarla, Emma dal cuore spezzato, mentre buttava una coperta nera sopra le mie giornate e mi faceva correre in bagno a fumare finché il vicepreside dandy o la preside mastina mi venivano a prendere con varie declinazioni di minacce. Uhhh! Avevo troppa rabbia per capire che il male non si scaccia facendo o facendosi un male cento volte superiore.

Ma intanto il sabato arrivava e il treno partiva.

Appena tornavo su, ricominciavano le ore senza Emma. Ante Romam, post Romam. Le giornate e le settimane si dividevano così, slime che si allungavano o si stringevano.

Erano ante Romam anche i minuti che mi separavano dalla telefonata con lei. Li riempivo scorrendo le sue foto su Instagram.

Affondato nella poltrona dello studio, il pollice incastrato sulla freccia di destra, andavo sempre più indietro. La foto del compleanno. Braccia aperte, faccina un po' inclinata di lato, davanti alla torta con le candele fucsia. Sorriso dolce di chi supera quel traguardo con consapevolezza e un po' di malinconia. Sulla malinconia non sapevo dire se fosse autentica o no. Freccia. Lei all'uscita da scuola, con lo zaino sulla spalla destra, tra branchi di motorini, caschi e biciclette e gente che fumava appoggiata al muro. Freccia. Lo sfondo del parco velato di brina con le immondizie e i postumi dei festeggiamenti agli angoli dello scatto. In primo piano lei con il giubbino tirato su fino al collo, abbracciata a una delle migliori amiche che rideva con gli occhi chiusi. Freccia. Gli orecchini scoordinati rispetto alla collana che le avevo regalato. Il punto del salotto accanto all'albero di Natale frastornato di addobbi e alto il doppio rispetto al mio veronese. Freccia. Gli occhiali sulla fronte, a tenere indietro i capelli.

Impossibile non fare confronti con le foto che mi mandava in privato.

Aprivo i like di Instagram e controllavo. Eccolo, Vito, ancorato al suo hashtag. Sovrapponevo immagini e nomi. Lo vedevo che riceveva foto con bikini abbassati; mi chiedevo quanti centimetri di pelle nuda avesse mostrato/mostrasse a lui, quanti ne avesse mostrato/mostrasse lui a lei.

Emma mi mandava il messaggio per farsi richiamare.

Il suo numero era il primo nella lista del registro chiamate.

«Ehi».

«Ciao. Com'è?».

«Bene. Tu?».

«Mbe sì, bene pur'io...».

Si stava ciucciando una caramella. Se la passava tra una guancia e l'altra facendola ruotare con la lingua.

«...a parte la solita demente. Ma mo' m'ha rotto e non esiste più. Nun è che se stai a rosicà devi rovinare la vita all'amica tua».

«Virginia?».

«Eh».

«Cos'ha fatto?».

«Mi fa: Scegli! Scegli cosa? O lui o io. Ah be'... Ma lui tutta la vita! Te pare!».

La cosa mi faceva piacere, anche se tutte queste drammatiche litigate, con tanto di voltafaccia clamorosi, mi sono sempre sembrate esagerazioni.

«Grazie, amore. Scienze invece... Com'è andata?».

Il giorno prima mi aveva detto che non ci potevamo sentire perché doveva studiare per una verifica.

Un attimo di esitazione, che lei cancella subito con un'accelerata.

«Ah, poi non l'abbiamo fatta la prova, l'ha rimandata di una settimana, quella cretina… Che palle, ero anche preparata bene… e avevo messo i bigliettini sotto l'anello grosso come mi avevi detto. Adesso mi toccherà rifare tutto un'altra volta. Uff».

Sentivo il frusciare delle lenzuola. Doveva essersi spostata a pancia in giù a giochicchiare con qualche pupazzetto, nella mia posizione preferita.

«Tu invece?».

«Abbastanza. Spagnolo, italiano, poi quella rottura di cazzo di fisica».

Non avevo nessuna voglia di parlare di cose inutili.

«Uhhh, mado', figurati che arriverà anche a me, non mi ricordare…».

«Poi, restando in tema rotture di cazzo, in cortile mi ha beccato quel deficiente del vicepreside, che fa la predica per le sigarette e poi è lì che si attacca alla prima canna fumaria che trova. Mi…».

«Lì ha ragione, Alessa'. O ti decidi a smettere o…». Lo diceva con quel tono duro e saccente di chi è molto più adulto di te. E quelli erano i momenti in cui avrei voluto prenderle le sue treccine, tirarmela vicino e soffiarle in faccia tutto il fumo che mi faceva fumare.

Meglio cambiare discorso.

«In gita non ci vai, poi?».

«Certo-che-no».

«E cosa fai in quei giorni?».

Lì si anima.

«Infatti. Dovevo raccontarti! Mi ha scritto Vito».

«Ah».

Ecco. Appunto. Ormai Vito era diventato il mio miglior nemico. Veniva a trovarmi nei sogni-incubi che facevo di notte, ghignando dietro agli occhiali da sole.

Ma dovevo evitare di fare il Salvatore della situazione. E allora la lasciavo parlare, quasi offrendole comprensione, con gli addominali che si contraevano cento volte di più che sulla panca in palestra.

«Come sta?».

«Un po' meglio, dice. Però non so se fa così solo per non farmi preoccupare».

Possibile? Me ne aveva parlato due giorni prima. Lì fu il massimo. Mi disse che le aveva scritto che era andato dal medico e gli avevano trovato un tumore. Era sconvolta. Non aveva fatto che piangere e piangere. Per un'ora. Mezze parole. Singulti. E io? Io avevo un misto di angoscia sincera all'idea che uno poco più grande di me fosse così malmesso e di gusto che crepasse.

«Insomma, mi ha scritto e mi ha chiesto se vado giù».

«Ah».

«No, adesso però non cominci! Solo come amica, ovvio».

«Ma com'è che ci vai da Vito? Da sola?».

Trillava, tutta orgogliosa.

«See, magari! Mi porta mamma. Mi aveva promesso che se prendevo dieci in latino andavamo».

«Ma non è che potevi dirle di venire qua, scusa?».

Mi uscì prima ancora di poterci pensare. Infatti mi sentii subito un cretino ad avergliela detto.

«Vabbè. Ma tu stai più lontano. Napoli è più vicina, no?».

Dentro di me le diedi ragione. Napoli è sempre più vicina, a tutti i posti del mondo.

«Ma veramente hai preso dieci in latino?».

«M-mh. Lunedì».

Non ci credevo neanche se me lo giurava sull'ugola di quell'ebete che aveva vinto X Factor. Lì si era tradita, puella stulta.

«Brava».

«Che c'è, scusa? Non sei contento che ho fatto bene latino?».

«Ti ho detto brava, no?».

«...lasciamo perdere, va'. Quindi ti dicevo venerdì sto a Napoli...».

Che poi non andò così. Mi raccontò che sua madre non era riuscita a prendere le ferie. O giocavano a futticompagni, o non so dove cominciasse la realtà e dove arrivasse la sua tela di Penelope di bugie.

Era una giostra impazzita: bisognava toglierle la corrente. Era un computer impallato: bisognava tirare fuori la batteria e riaccenderlo. E io non vedevo l'ora di vederla. Per metterle le mani sulle spalle e dirle: Fermati. Capiamoci.

Ma dal vero non cambiò nulla. Pure lì Vito continuò a essere il nostro demone custode. Come se non fosse mai finito e mai cominciato niente.

E tu cosa ti metti a fare quando vedi che non c'è niente da fare?

Avevo provato con la logica. Poi con la prepotenza. Poi con la speranza buia dei disperati e la fantasia. Però poi arrivi a un punto in cui passi così rapidamente dalla modalità 1 alle modalità 2, 3 e ritorno che non si capisce più niente. Forse è quella che chiamano pazzia, anche se a me, ogni volta che trovo una cassettina pulita, precisa, ben fatta, viene da ridere. Certo, il taglio di capelli che mi ero fatto era da pazzi sul serio e sul mio viso funzionava meno di zero. Il ciuffone sparatissimo, che dovevo usare il gel alle fibre di carbonio, con il risultato di scurire tutto il biondo, per farlo stare dritto. Ma dovevo prepararmi alla guerra. In guerra ci vai chiedendo alla bestia il suo coraggio, non restando uomo.

Era iniziato il mio duello all'ultimo sangue con il fantasma pixellato di Vito. Lo vedevo negli specchi dei negozi, mentre mi provavo la felpa del gruppo metal. Nella faccia delle persone che tentavano di sorridermi e io scansavo come la peste. L'amore buttava in me una quantità di odio che non si poteva nascondere neanche nelle magliette più oversize delle bancarelle dei cinesi, neanche sotto la visiera dello snapback più grande di tutti.

All'una di notte, con il sottofondo del respiro calmo di Giulio, allungavo la mano sul cellulare e andavo sulla pagina Instagram di Vito. Guardavo le foto, i post. Poi allargavo l'indagine a tutti quelli che gli lasciavano un commento, e poi a tutti quelli che gli mettevano i like. Diventavo preciso e volenteroso. Il primo della classe. Perché quando mi interessa una cosa io arrivo dove voglio. Tanto, non riuscivo a dormire.

Ho visto sfilare non so quante centinaia di cappellini Gucci "pezzottati", di borselli e cinture LV, di mani con le dita piegate in quel gesto che vorrebbe dire «e voi non siete un cazzo». Addominali pompati in palestre sghembe, tipi depilati con le spalle strette e l'elastico rosso delle mutande che esce dai pantaloncini, l'occhio dei pesci stramorti del giorno dopo. Le felpe nere con il logo Nike entrato a forza nel rettangolino della foto. Le sopracciglia grosse e scure. Il medio storto sull'ultima falange. Il cappellino NY che oscura completamente gli occhi. La sigaretta moscia in mezzo alle labbra. Il manifesto «Keep calm and fanculo l'amore». Il cappuccio della felpa addosso anche in casa.

Ridacchiavo. C'era pure il selfie sbagliato in cui era entrato il quadretto silver plated della Madonna appeso in corridoio.

E poi tipe coattissime, fighe da paura, platinate, con il piercing sul labbro, la lingua fuori, il rossetto fucsia, il dito medio sottile appoggiato all'osso delicato del naso, le unghie mezze rosa e mezze bianche e i calzetti giallo fluo e le Adidas Gazelle, il top nero e gli hot pants di jeans, come se fossero state più nude che nude.

Finché un bel giorno non mi sono deciso a usare il numero di cellulare che si leggeva sul suo profilo di persona senza il vezzo della privacy.

Che sorpresa.

Ma dopo.

Dopo che Emma mi aveva già lasciato e quando Samantha mi permise di buttare un occhio sul backstage di questa pagliacciata triste.

8

Roma, Anzio

Siamo graziati da un tempo dolcissimo e con il fatto che già ieri siamo stati alla Romanina ci possiamo permettere una gita.

«Mare domani?», ha proposto la mamma di Emma ieri sera, e io non potevo essere più d'accordo. Avrei inseguito un barlume di luce naturale fino in Sicilia.

Mi sono addormentato sognando un mare abbracciato dai faraglioni che svettano nelle fotografie dei blog di viaggio.

E ora siamo in macchina.

Appoggio le nocche al finestrino e vedo il paesaggio che si scioglie progressivamente nella costa. Le costruzioni che, a poco a poco, diventano alberghi chiari e camminamenti. La simmetria delle nuvole e della spuma marina. E poi bandiere, chioschi. Il miele bruciato della sabbia che corre sotto di noi.

Emma sta seduta accanto a me e non dice niente. È stata gentile, mi ha lasciato il posto vicino al finestrino migliore per farmi guardare il mare.

La collana che le ho portato in regalo ieri le salta nella scollatura del maglioncino ogni volta che Mario fa una frenata più brusca. Le è piaciuta un sacco. Se l'è toccata con le dita non so quante volte, come se avesse temuto di perderla da un momento all'altro.

«Hai visto che gentile Alessandro?», ha scritto ieri prima di cena alla sua migliore amica, inviandole un selfie dove si vedeva lei accanto a me e più sotto il ciondolo: il simbolo dell'infinito tempestato di brillantini.

Lasciamo la macchina un bel po' lontano dal centro per evitare i parcheggi costosissimi e infiliamo le strade che portano alla parte più bella del paese. Palme, palme e palme. Sembrano dirti di essere felice, di giocare, tanto è come non essere più in Italia. E noi giochiamo: sorridiamo nel selfie che ci facciamo, tutti con lo sguardo dolce, con lo sfondo del cielo turchese e delle case pastello tirate fuori da un libro per bambini. Sembriamo anche noi un'illustrazione: una famigliola felice. Mi faccio pure la foto stracoatta con una Ferrari di ignoto proprietario, tra le ovazioni guidate da Mario. «Anvedi che macchina!», fa Emma, passando il dito sopra la carrozzeria liscissima e lucida.

E c'è lei che fa scivolare sulle cose e sul mio viso il suo sguardo verdeazzurro.

Ci fermiamo da Treccioni, che dal 1936 è uno specialista del gelato. Oltrepassiamo i tavolini, turchesi anche quelli, fino ad arrivare davanti al bancone, dalla ragazza cremosa e sorridente che riempie di pistacchio una vaschetta di polistirolo.

Panna e stracciatella per me. Per Emma bacio e fragola.

Su un cartello, sopra il disegno di una coppetta guarnita, c'è scritto: «Non puoi comprare la felicità, ma puoi comprare un gelato».

Con le lingue impastate di zucchero, latte e panna camminiamo quasi sul posto.

Io che scelgo per Emma la stracciatella con più pezzetti di cioccolata.

Emma che si tiene tra le labbra la punta del suo cono e io la sgranocchio finché ci baciamo. Un bacio piccolo, senza lingua, silenzioso.

Ma le barzellette di Mario, quando risaliamo in macchina, sono già una sigla finale.

Adesso si vedono bene le barche che prima sembravano fatte di carta. Vele chiare e yacht fantastici, dal profilo squadrato e tagliente, che tracciano diagonali di spuma prendendo il largo. Maestosi come leoni, con dentro scene di film in bianco e nero piene di abiti di lustrini, colli di pelliccia bianchi, cuccette di legno pregiato, coppe, brindisi.

«Uaa, che belli!», dico.

Emma si gira verso di me, strabuzza gli occhi.

«Veramente ti piacciono?».

«Be', ovvio».

«Ma che gusti c'hai! Come te fa a piacere 'sta roba qua?».

Glielo dico, anche se mi pare superfluo.

«So' da truzzi», fa lei.

«Un po' magari», ammetto. «Ma non ti piacerebbe farci un giro?».

Mario stacca la mano dal volante e la fa roteare.

«No».

«Ma dai!».

Guarda ancora. Socchiude gli occhi, incrociando le braccia sulla felpa.

«Vuoi mettere stare in spiaggia a prendere il sole comodi… Dove puoi muoverti come vuoi…».

Tento di farle venire qualche dubbio raccontandole di quando mi hanno portato su un motoscafo a Malcesine e io e mio fratello lo abbiamo pure guidato. Cerco il video, glielo mostro. Ride della foto dove il sole mi fa fare una smorfia strana.

Sua mamma mi viene in soccorso. Mi fa i complimenti per il coraggio che ho avuto.

La spiaggia dove andiamo è molto diversa da quella che abbiamo visto dalla macchina. Questa sembra uno dei tratti più scalcagnati di Bibione in cui sono stato un giorno da piccolo, prima che la nonna se ne volesse andare subito da qualche parte più «decente».

Ci sono famiglie sistemate accanto a borsoni termici sotto piccoli ombrelloni storti, coppiette di ragazzi che stendono teli. Hanno i jeans arrotolati sui polpacci e, vicino, una tenda indiana costruita con bastoni e asciugamani. La sabbia è tra il marrone e il grigio, piena di alghe e residui di schiuma. Di tanto in tanto, dalle onde ti vengono incontro scarti del mare, flaconi stinti di detersivo, suole di ciabatte.

Mario e Marisa si guardano intorno.

«Cosa dite? Ci fermiamo qui?».

Emma risponde subito di sì e appoggia le scarpe a terra. A me pare scortese proporre qualcos'altro, anche se ho l'impressione che abbiamo scelto il pezzo di spiaggia più sfigato di tutti. Lancio lontano un pezzo di secchiello rotto, aiuto a sistemare teli e borse e poi mi stendo vicino a lei.

Per la prima mezz'ora non dice niente. Marisa e Mario sono distanti, per conto loro. Lei distende le mani e mi abbraccia. Rimane ferma così. Sento la sua testa accanto allo sterno, i capelli sotto le dita. Ma non è un abbraccio vivo, uno dove ci puoi respirare. È tipo quando tieni in mano un pezzo di ghiaccio, che prima ti trasmette il freddo, poi come una bruciatura, un fastidio.

Quando si gira e cambia posizione provo sollievo.

Si copre la fronte con la mano come se la infastidisse il sole, anche se non la colpisce direttamente.

«Che belle 'ste onde», faccio a un certo punto, per esorcizzare il silenzio, di fronte ai cavalloni imperiali che si schiantano uno sopra l'altro in un frastuono di schizzi e spuma. «Pensa fare il bagno qui…».

La smorfia di Emma la fa sembrare quasi vecchia.

«Sai che roba», borbotta. «Non puoi manco nuotare due metri».

«Vabbè, però al mare mica ci vai per nuotare come in piscina, no?».

«Perché no? Io sì che ci vado per nuotare».

Torna a distendersi con gli occhi chiusi; io continuo a guardare davanti a me. Seguo con gli occhi i tre cani che scorrazzano e si appallottolano in mucchi di pelo bagnato. Il più grosso si ferma e si scrolla sollevando una pioggia di acqua e sabbia che raggiunge una delle coppiette.

«Aò! Ma vatten…», fa il ragazzo, con uno scatto. «È tutta la mattina che te sto a di' ch'è na merda 'sto posto! Quasi quasi Coccia de Morto era mejo…».

«Ma che stai a di'? Preferivi sta' a casa a vedè a Roma?».

«Sempre mejo de 'sto posto demmerda. E nun me devi toccà la Maggica!».

«Aridaje, oh…».

Emma si rianima per tirarsi su sui gomiti e seguire la discussione tra i due. La voce di lei si sente molto di meno. A un certo punto lui si alza.

«Zitta, te devi sta' zitta!».

Prende il suo zaino e se ne va.

La ragazza rimane ferma per un po', rivolta verso il mare, le braccia intorno alle ginocchia. Poi si allunga a prendere il cellulare.

«Daje, pe' piacere», mugola. «Nun fa' o scemo, torna qua… daje…».

Emma sospira, si allunga a prendere il cellulare e riapre il romanzo che sta leggendo su Wattpad. *Innamorata di uno stronzo*. Bel titolo, le avevo detto ieri ridacchiando.

Si reimmerge nella lettura e a me non rimane che il mare, la sabbia, le persone che di tanto in tanto passano vicino e parlano. Poi prendo anch'io il cellulare e mi infilo le cuffiette. Scelgo "Lacrime", la marcia funebre siciliana suonata dalla banda di Monte Sant'Angelo. Le orecchie mi si riempiono dei respiri sontuosi e languidi dei fiati dell'orchestra, che di passaggio in passaggio sembra volersi raccogliere su se stessa e spegnersi. Ogni nuovo suono si risolleva da una fatica infinita, trascinandosi verso l'alto.

Vedo che Emma si gira verso di me. Mi tolgo una cuffietta. Ha gli occhi freddi, incomprensibili.

«Ho detto: sai che mi sono scritta con Virginia ieri sera?».

Non dico niente.

«Ci siamo scritte fino a mezzanotte». Specifica: «Siamo ridiventate amiche».

Non riesco a capire che cosa le passi per la testa.

«Ah», faccio, poi rimetto la cuffietta e torno alle onde della marcia con un brusio dentro che però mi disturba. Seguo il ritmo musicale sussurrando. Lei ha riaperto Wattpad.

All'ora di pranzo cominciamo a preparare quello che abbiamo portato per il pic-nic.

Tiriamo fuori la torta salata e la frittata che la mamma di Emma ha preso ieri sera.

Mai stato un grande amante delle verdure, ma la torta è davvero buona. Lo dico con l'entusiasmo romano che ho imparato a dimostrare.

«Io basta, ma'», fa Emma dopo un paio di bocconi, spingendo in avanti il piatto di plastica. «Con 'sti pezzi grossi qua mi stomaca. Se la volete, prendetela voi».

«Ma l'abbiamo comprata per te!», fa sua mamma. «Non hai fame, stella?».

«C'ho fame sì. Ma le carote così grosse fanno schifo».

Si allunga a prendere un altro pezzo di frittata. Mastica lentamente le sue forchettate senza aggiungere altro.

Marisa scuote la testa e continua a rovistare nella borsa delle bevande.

«Com'è il mare da voi? Come qua?», mi chiede.

Mi metto a descrivere le nostre spiagge del nord-est, più calde, con tanta sabbia morbida.

«Da noi non ci sono proprio scogli», dico. «E tra l'altro a me gli scogli piacciono tantissimo».

«Allora bisogna che vai a dare un'occhiata a questi! Sono particolari».

Emma mormora qualcosa.

«Cos'hai detto?».

«Ho detto capirai!».

«Perché, non sono bellini?».

Si stringe nelle spalle.

«Potresti portarlo a vederli. Così vi fate due passi».

Lei solleva gli occhi su sua madre e la guarda male.

«Ma perché leggi invece di stare con lui?».

«Andiamo?», le faccio.

«Ma quando?».

«Adesso. O quando vuoi…».

Rimane zitta, come se valutasse degli impegni segnati in agenda. Si dondola con la gambe all'indiana, corrucciata.

«Mh… no».

«Ma perché, stella?».

Strascica la voce. «Sono stanca. E poi li ho visti minimo un milione di volte».

Mario le spinge il braccio. «Eddaje, nun rompe er cazzo. Alessa' nun c'è mai stato. E portacelo! So' belli da vedè in due, gli scogli, no? Chiedi a tua madre», ammicca verso Marisa.

«Ohhh, pure tu! Non mi va».

«Ma cos'hai oggi?».

«So' stanca».

«Hai dormito male?».

«Boh. So solo che so' stanca. Oh, ma perché ce l'avete tutti con me? Che v'ho fatto?».

Poi mi guarda con gli occhi opachi. «Non puoi andare da solo?».

Così finisce proprio che sugli scogli ci vado da solo. Mi arrampico di pietra in pietra, su quella specie di deserto verticale incastrato sul mare. Qua il vento non ha più filtri. Arriva con le sue folate brusche e fredde, fa socchiudere gli occhi. Mi accuccio e guardo giù. I cavalloni continuano a esplodere litri di spuma sopra i bordi della roccia, poi si ritirano per tornare di nuovo. Non c'è nessuno qui. Anche le coppiette che ho incontrato prima ora se ne stanno andando. Potrei parlare al vento, forse. Chiedergli se sa che cosa le passi per la testa, perché ieri sembrava tanto contenta e gentile e oggi fa così. Se lo fa apposta a fare di tutto per farmi incazzare.

9

«Se ti amo o se sei più come un fratello…».

Appena ho letto il messaggio, mi sono franati addosso tutti i minuti di tutti i giorni della mia vita illusa.

Avrei voluto sgretolarmi. Sciogliermi. Evaporare.

Bloccarmi come un fotogramma, finché il polpastrello di uno più bravo di me mi avesse trovato un altro posto in un'altra storia.

Avrei voluto buttarmi sotto il treno. Farmi spappolare dalla locomotiva del Frecciarossa 2812. «Informiamo i gentili viaggiatori che per un disguido sulla linea ferroviaria il treno avrà 50 minuti di ritardo». Poi i minuti diventavano 60, 120. E capivi che il disguido era un salto. Una scivolata. Tipo quella dei bambini che imparano a camminare. E tanti saluti a tutti. Niente più spiegazioni. Niente più messaggi, suoni, luci, notifiche, filtri. Niente più fatiche per farti capire da chi non vuole o non sa capire. Niente.

A Roma Tiburtina camminai per un bel po' sulla linea gialla da cui la voce registrata ti dice ossessivamente di allontanarti. Forse perché la milfona tanto cordiale degli altoparlanti sa qualcosa più di noi su quella che i filosofi chiamano «la condizione umana».

Sui gradini che mi riportavano dentro la mia carrozza, sperimentai l'asfissia degli ottomila.

Mi girava davanti agli occhi tutto quel giorno passato ad

Anzio. Quello che mi aveva detto. Potevo accorgermene prima. Almeno con un'ora di anticipo.

Aprivo le finestre del cellulare. Quadratino sotto e le vedevo a ventaglio. Toccavo WhatsApp e ritrovavo il messaggio.

Meritavo di morire e basta. Di buttarmi sotto quel treno che mi tendeva come un elastico e mi strappava fibra dopo fibra, perché tanto le mie grinfie erano attaccate al Colosseo; di lì non mi schiodavo, punto.

Mi girava la testa.

Sognai la tortorella dal collare che sarebbe venuta a prendermi, che avrebbe preso nel becco la mia anima bluastra. L'occhietto dolcissimo mobile, il collo delicato, le piume pulite. Le guardavo sempre quando venivano a becchettare l'acqua della piscina, al mare, nelle giornate di brutto tempo in cui non c'era nessuno a fare casino. Bevevano zampettando piano e poi scrollavano la testolina e ripartivano in volo facendo quel loro verso amabilissimo.

Ma un treno pesava come le montagne sopra i valichi della Svizzera, dove ci sono i posti costruiti su misura per iniettarti in vena l'antidolorifico più potente dell'universo.

Nelle orecchie mi rimbombava il tonfo di tutti quelli che si erano gettati dal decimo piano, o da dove potevano, e mi sembrò un suono atroce. Quello schiaffo sordo in mezzo a schizzi di grida. La realtà poteva fare molto più schifo degli effetti speciali di Hollywood.

E poi? Cosa succedeva poi?

Davvero volevo non vedere più niente di niente per tutto il resto di un tempo enorme, silenzioso, infinito?

Sempre.

Faceva paura a tutti quella parola.

Un'altra vertigine mi aveva riportato i piedi più indietro.

No.

Era lei che volevo uccidere. Mi si tendevano le mani nelle tasche per quanto lo volevo. Il cuore mi usciva dalle costole. Per le parole dette per dire. Per quella dolcezza che mi aveva sputato addosso e si era risucchiata dentro, come niente fosse, come certi animali schifosi da «Focus» speciale. Non si poteva decidere così.

E io ci ero cascato.

Mi si disegnava davanti il fantasma di Vito con la canotta lunga dell'ultima foto. 47 like su Instagram, praticamente un cazzo. Mi invitava a dargli pugni in faccia. Ancora! Dai! Ancora! Dai, guaglio', dai!...

Ogni tanto Emma diceva «era uno stronzo», altre volte «mi capiva, era molto dolce...». E quando mi incazzavo e le facevo presente che era fidanzata con me, mi rispondeva pacata, molto ragionevole: «Il mio cuore è diviso: una parte a te, una a lui». A me non restava che dire sì. Per non passare per egoista, noioso egoista.

Poi, a Verona, il bubbone scoppiò in una tristezza muta. Sorda. Cieca.

Schiacciavo gli occhi per non vedere più la macchina di Emma.

C'era un freddo cane. Avevo tirato su la cerniera del giubbotto come predicava ogni volta mia nonna, prima che la mandassi a fanculo. Sarebbe stata contenta, la nonna. Anche di non vedermi più prendere il treno per «andare giù», come diceva lei.

Cominciai a camminare, ma il freddo non passava.

Il panino mangiato solo dai denti e dalla lingua nel maledetto posto 14d della carrozza 7 presto era diventato congestione. E vomito. Nei giardini fuori dalla stazione, in un angolo meno illuminato dietro le siepi. Appena mi risollevavo, la nausea mi costringeva a ripiegarmi in due. Neanche mi avessero avvelenato.

Sputai le ultime bave in una pozza giallastra che lasciavo sotto di me insieme al vomito incrostato di decine di ubriachi e tossici. Mi rimisi dritto e per qualche istante mi sentii quasi bene.

Mi aspettavo qualcuno che mi venisse dietro per farmi pagare cinquanta centesimi, come per pisciare in stazione. Qualche zelante che mi tirasse per il giubbotto a indicarmi di riprendere quello che avevo dimenticato sull'asfalto.

L'acido del vomito bruciava in gola, ma almeno la testa si era fermata. Non girava più come prima.

Mi ero ucciso. L'avevo uccisa. Ero stanchissimo. Anche se non era successo niente e lei di sicuro se ne stava nel letto a mettersi in posa per mandare foto hard al primo deficiente o a giocherellare con i peluche.

Barcollo senza che nessuno lo veda da fuori per corso Porta Nuova. Sento solo lo zaino che mi cammina sulla schiena. L'aria muta e senza smog delle undici e mezza, quella che qualche giorno prima mi sarebbe piaciuta tanto.

Vomitare mi aveva dato l'illusione di un po' di carica. Ma ho giusto la forza di risucchiare un passo dopo l'altro la strada percorsa per andare a farmi prendere per il culo. Non quella che servirebbe a evitare le imboscate degli spacciatori che pensano di conoscerla tutta, la gente della notte.

Pantaloni bianchi Adidas con le strisce nere. Felpa bianca Adidas con le strisce nere. Cappello bianco Adidas con le strisce nere ben calcato sugli occhi. Ma per me è trasparente. Come i due bestioni di basalto curvi sulla panchina a trafficare con i cellulari.

Mi fa un fischio.

«Tutto a posto?».

Continuo a camminare.

Non mi ha chiamato «amico», come quelli che lo fanno da appassionati consumatori. O per bisogno.

«Tutto a posto?».

Insiste: è del tipo professionale.

Io gli spacciatori li classifico in tre categorie. Anzi: quattro.

C'è il tipo vestito di stracci, che ti chiama a gran voce, strafatto, e ti arriva vicino con l'occhio folle e i movimenti da faina. Questo ti vuole solo fottere, per poi comprarsene lui di buona.

Poi c'è l'africano poraccio. Ti ferma, ti dà il cinque. Si dondola sui muscoli elastici da giocatore di basket. «Biondo, vuoi qualcosa?»; di droga ne sa appena più di te, e lo fa per campare, ma non gliene frega niente.

C'è l'affettuoso, di solito albanese o tunisino/magrebino. Categoria gloriosa. Come ti chiama, ti abbraccia, ti dà baci sulle guance. È gentilissimo, premuroso, sollecito. Una specie di mamma. «Ti serve qualcosa? Tutto a posto? Ah, a postissimo, quando vuoi qualcosa sto qua». Ti senti quasi stronzo ad andartene via così, a non farti accudire neanche un po'.

E poi ci sono i milanesi dello spaccio. Quelli professionali, freddi, vestiti fighi. Un fischio e basta. Tek. La maggior parte sono slavi, l'occhio ghiacciato appostato come un lupo sotto la visiera del berretto firmato.

Lui, il tipo rigato Adidas, appartiene a quest'ultima categoria. Anche se mi dà l'idea di essere del sud sud, più che dell'est.

Mastico la risposta controllando la voce come gli attori.

«Già a posto, grazie».

Bisogna fare così, sennò continuano fino a sfinirti.

Il suo sguardo è una minaccia involontaria.

«Prossima volta vieni da me».

«Va bene. Prossima volta».

Sotto l'arco di Piazza Bra c'è un gruppo di ragazzi che evidentemente sono appena stati serviti.

Buttano fuori nuvole di THC e ridono.

«Ma tienlo bene, zio can...».
«Quanto cazzo sono fuori...».
«Zio se sei fuori...».
La vibrazione del cellulare in tasca. Un messaggio della nonna che mi chiede se sono arrivato.
Come quell'altra. «Sei arrivato sul treno?». «Sei arrivato sul treno?».
Due tre volte aveva continuato a chiedermi aggiornamenti. Certo, l'importante era che uno fosse vivo e vegeto e non creasse problemi. Quando poi le avevo confermato che sì, che ero arrivato sul treno, allora si era decisa a mandarmelo, il suo ciao per sempre a rilascio prolungato. E più il treno si allontanava verso nord e più lo ripeteva. Con cattiveria, in crescendo. Non sapeva se mi amava. Mi accollavo troppo. Basta. Hai scocciato.
Guardai il mostro nella notte, con i suoi cento occhi cavi che si aprivano e chiudevano.
Mi nascosi nel fumo delle Marlboro e sentii di nuovo male allo stomaco. E allo sterno. Tanto a Emma non fregava se sputavo fili di sangue tossendo al mattino. Anche se aveva detto che per lei ero come un fratello, e ben diverso da quello vero che aveva. Uno generoso e premuroso.
Fino a un attimo prima mi succhiavo la sua lingua e poi si sveglia e dice che ci deve pensare.
Schiaccio sul naso le falangi dell'indice e del medio per sentire ancora un po' di odore di fumo. Mentre tossisco, mi piego sul diaframma. Brucia.
Sono il Libanese di *Romanzo criminale* che avanza con le coltellate nella pancia.
Non ho voglia di tornare a casa. Faccio una deviazione. Mi siedo vicino alle macchinette del self 24 ore. Giro lo zaino e tuffo la mano nella tasca anteriore. Pesco il tubetto giallo del

Clipper e la penultima sigaretta. Frugo ancora, per verificare che ci sia il pacchetto nuovo ancora sigillato. C'è. L'avevo tastato già mezz'ora prima. Tiro una boccata lunga e grossa che mi fa mancare il respiro.

Premo il tasto laterale del telefonino e poi sfioro il retro con l'indice per sbloccarlo. 23% di carica. Lo rispengo. Schiaccio di nuovo. L'immagine è cambiata: foglie autunnali. Lo sblocco ancora. Io e lei un mese fa, su quel pezzo di spiaggia di Ostia deserto, con sopra la varicella delle app. Due manichini di un negozio chiuso per fallimento.

Però nell'ultimo messaggio suo un cuore c'era. Possibile? Rimastico le parole dell'ultimo mio e ridico la stessa cosa in un modo che cerca di essere diverso.

Basta. È uno scherzo che fa schifo.

Silenzio.

Ma è lei che è così! Tanto domani dice che non sa neanche perché ha tirato fuori questa storia…

Sono ancora lì che scorro i gruppi in su e in giù quando vedo una sagoma che mi si avvicina. È un tipo con i pantaloni tirati su fino all'ombelico. Un osso. Dai jeans strappati dappertutto si vede il rosa delle gambe che ci ballano dentro, la cintura ha il laccio che dondola. Si avvicina fumacchiando una sigaretta mezza spenta. Nella mano sinistra ha una lattina di Red Bull schiacciata ai lati, con dei forellini da cui si intravede del verde, del bianco e del marrone: una specie di tricolore. Nient'altro. Giusto un borsellino di tessuto sfilacciato. Non credo abbia neanche un cellulare.

Mi arriva davanti. Mi guarda con gli occhi a palla.

«Ciao bello», fa. «Di dove sei?».

Io gli rispondo e lui non dice altro. Gira sui tacchi e comincia un trotto di passettini piccoli piccoli e veloci veloci, tipo un asinello. Curva, gira. Poi torna e mi si siede vicino. Da sotto le unghie troppo lunghe e secchissime tira fuori una polverina bianca, luminescente, che vedo per la prima volta. La mano gli trema continuamente, ma lui riesce lo stesso a piazzare la polvere nel posto giusto, sopra il buco con il resto, e ad accendere il tutto. Si piega sopra la lattina. Fa un lungo tiro. Si appoggia al muro, si mette a guardare l'infinito. Poi abbassa la testa, si gira verso di me, mi offre quel bong assurdo. Io scuoto la testa e gli sorrido ringraziando. Lui si alza. Trotterella ancora più veloce di prima con i suoi passettini passettini per un lungo giro. Si ferma un po' sotto l'edicola, poi torna. Mi guarda di nuovo in faccia con l'innocenza di un bambino.

«Ciao bello. Di dove sei?».

Gli rispondo ancora, uguale a prima.

Lui si concede un attimo di sosta, poi ricomincia il suo trotto, esattamente identico. E al ritorno, di nuovo, buono, cordiale in fondo, nel fondissimo in cui sta: «Ciao bello. Di dove sei?».

Cosa gli ha fatto la vita per farlo diventare così?

Non so se mi fa più ridere o piangere.

La droga lo ha trasformato in un giocattolo cinese.

Gli rispondo sempre con cortesia. «Di qua, di Verona. E tu?».

Ma lui non risponde mai. Parte al trotto verso l'edicola. E l'unico diversivo che gli fa cambiare traiettoria sono due ragazzi sui vent'anni, che si tengono abbracciati.

«Ciao belli. Di dove siete? Mi accompagnate un pochino?».

Fa qualche passo dietro di loro e poi sparisce nel nulla.

La direzione verso cui mi incammino anch'io, solo che per me c'è la porta di casa.

Non ho voglia di dire a nessuno com'è andato il viaggio, se sto bene o se sto male, se sono stanco e se c'è freddo fuori.

Vado subito in bagno e mi chiudo a chiave. Mugugno qualcosa a mia madre da dietro la porta. Quando non sento più niente, riapro e arrivo, alpino senza una coda di mulo cui appendersi, alla camera.

Giulio dorme sognando le punizioni di Roberto Carlos, i gol di Messi e Maradona.

L'angoscia è tutta per me. Buio concentrato sopra il mio letto.

È già mattina. Mi giro verso il cellulare con la testa che balla nel cranio. Mi decido a guardarlo. C'è il puntino tondo della sua faccia, la testa piegata verso la spalla sinistra. Mi ha scritto alle 6,04.

«Guarda che se mi stai troppo appresso ti metto in silenzioso».

Ore di niente.

Non le sono stato appresso. Ho aspettato sugli scogli di Anzio con la faccia sotto i cavalloni.

Chiamo e la trovo a cena, che ridacchia con dei suoi parenti. Ridacchio anch'io mentre attendo una pausa per infilarci la domanda che mi chiude la gola.

«Ma il prossimo weekend vengo giù?».

Dal turbine di parole in romanesco parte la coltellata.

«Sto in giro, con mio padre. Magari vediamo per quell'altro».

Il freddo mi passa i jeans da sotto il gradino della porta di casa, nell'angolo dove ho ancora una tacchetta del wireless. Butto qualche messaggio nei gruppi di classe e della parrocchia. Le finestre faticano ad aprirsi. Continuo a sbattere sui jeans il P9 finché dovrò portarlo a riparare dai cinesi. Finché mi passa. E non mi passa.

Perché?

La stronza insiste. Mi scrive che siamo diversi. Che non abbiamo gli stessi gusti.

Quello mi dispiace ma era vero. Ogni volta che cercavo di parlarle di qualcosa mi guardava con occhi svuotati dalla noia. E anche le mie giacche e camicie non le andavano mica bene. Infatti l'ultima volta ero sceso con un paio di jeans strappati e la felpa da metallaro.

Mario mi aveva consigliato di essere più semplice con lei. Diceva che ero tanto un bravo ragazzo e lei lo avrebbe capito quanto era fortunata. Ma intanto scuoteva la testa.

«Bravo ragazzo...». Sentirlo dire mi offendeva come uno sputo nell'occhio, per quanto zuccherato. «Bravo ragazzo»? E quando mai? Se ero sempre stato un casinista, fin da piccolissimo, quando avevo sfasciato la rete del box di Giulio con il coltellino multiuso di plastica dell'Imaginarium... E poi a scuola... Con gli amici... Sempre fatto in modo di creare qualche problema, e non che non fosse una seccatura. Giulio sì, a dispetto della faccia, era un «bravo ragazzo», un soldatino anche da piccolo, ligio ligio. Ma io... Dai...

Continuo a fare smorfie per sciogliere i muscoli e pigliare per la coda la serpentina di mal di testa che mi corre sulla tempia sinistra. Il ginocchio balla di nervoso e il polpaccio destro è quasi indolenzito. Guardo il pezzo di asfalto che mi sta tra le gambe prendendo la mira per tuffarmici dentro.

23,51.

Domani devo alzarmi prestissimo. Devo fare da bodyguard alla zia che va a Cagliari per lavoro. Ci vengono a prendere sotto casa alle sette e un quarto.

Mi alzo con la lentezza di una statua che impara il movimento.

Il liscio freddo del vetro dei bicchierini di rum in mano. Io che non mi ubriaco mai e li disprezzo, quelli che bevono.

Uno.

Un altro, per piacere.

Sono un'Alice al contrario nell'utero di via Sottoriva.

Non sapevo neanche bene se avevo dormito o se era stata solo nebbia.

Il vento sbatte sui rami dei tigli e a volte trova la mia faccia. Si fa fatica ad accendere le sigarette e poi il vento se le fuma lui.

Oggi niente scuola – mi prendo in giro. Oggi vacanza.

Vorrei mordermi le mani fino a mezzo braccio perché non le posso mandare messaggi.

Me ne scappa uno. Ma non è un messaggio: è solo l'impronta del mio respiro.

Qualche minuto dopo arriva il suo vocale. Mi sposto sull'altro lato della strada, dietro i cassonetti. Piego l'orecchio sul fianco del cellulare.

La voce è scazzata e dura.

«Mo' basta, perché ci sto male io e ci stai male tu… Non hai capito che ci devo pensare? Scòllati…».

10

Era venuto a prenderci in macchina un arabo trapiantato a Vicenza qualche anno prima, che non riusciva mai a trovare la strada e poi aveva passato tutto il tempo a fare discorsi sornioni alla zia, a masticare la barzelletta dell'amore come chewing-gum alla cannella. Un po' credendoci, un po' no. Cambia genere – avrei voluto dirgli. Ma non avevo più suoni.

Tiravo fuori il cellulare nel tentativo di ritrovarli, con la schiena affondata nel tessuto molle del sedile posteriore. Scorrevo il dito sullo schermo fino a beccare come per caso l'icona di WhatsApp. Ci entravo. Accanto alla sfera con l'immagine profilo di Emma, le due spunte blu vicino al mio ultimo messaggio. Vedevo chi era online e mi mettevo a scrivere a Mario. Sotto i suoi modi da burino, lui aveva sempre un tono ottimista, come se tutto si potesse sempre risolvere. D'altronde, con due infarti superati, se ne intendeva più di rinascite che di sconfitte.

«Ciao Mario, scusa se ti scoccio».

Dopo pochi secondi, la vibrazione della notifica.

«Alessa'! Dimme bello».

«Mi spiace disturbarti. Volevo chiederti delle cose su Emma».

«Nessun disturbo».

«Grazie».

Facevo andare avanti e indietro il cursore cancellando per trovare le formule più adatte.

«Non so se ti ha detto qualcosa lei».

«No no».

«Volevo chiederti se sai come sta e se è successo qualcosa in famiglia».

«Perché in questi giorni mi ha detto delle cose strane e non la capisco», aggiungo.

«A me nun me pare! Pare tutto apposto».

Altra vibrazione. «Che t'ha detto?».

Digito, a cascata. «Tante cose. Che non sa se stiamo bene insieme, che siamo come fratelli, che le tolgo l'aria, che ci deve pensare».

«Cosa significa secondo te?».

Adesso anche Mario scrive, cancella e riscrive. La vibrazione ci mette un po' prima di arrivare.

«Ma nun te preoccupà Alessa'. Alla vostra età pò capità. So' cose normali. Vedrai che tutto torna apposto. Emma lo sa che è fortunata».

Mi misi a scrivere una frase lunghissima. La rilessi e la cancellai tutta a parte il: «Grazie Mario».

«Perché ci sto abbastanza male».

«Ma tu sta' sereno».

L'errore di Mario mi strappò un piccolo sorriso.

«Vedi che lei te vole bene, ma se t'accolli troppo dopo a lei je pija 'npo' male. Se 'ncaja. E comunque ricordati sempre che t'ho detto».

Chi se lo dimenticava? Mi aveva detto di essere più leggero, nelle cose sentimentali, di guardarmi anche intorno, che era sempre meglio, soprattutto alla mia età.

Non avevo le forze e la pazienza di replicare a questo messaggio con quello che pensavo davvero.

«Va bene. Grazie ancora».

«Ah, scusa di nuovo, Mario, non dirle che ti ho scritto per

favore».

«Ma che? Scherzi?». Pollice alzato. «So' cose che restano tra me e te».

«E se te serve qualcosa sto qua!».

La faccina che gli invio in risposta, con un sorriso enorme che attraversa le guance rosse da un occhio all'altro, è l'espressione più lontana da quella che vedo nello specchietto retrovisore quando mi tiro su per scendere dalla macchina.

Il decaffeinato ordinato a uno dei bar dell'aeroporto, insieme all'orzo della zia e al macchiato dell'autista, non migliora per niente le cose. E nemmeno il vorticare di luci, pubblicità, annunci, scritte e grandi firme di moda.

Mi sentivo senza terra anche se non eravamo ancora saliti sull'aereo.

«Dai Ale!».

Camminavo sulla scia dei passi rapidi di mia zia, sempre qualche metro più indietro del suo trolley grigio, senza la minima voglia di prendere parte al fermento di tutta quella gente che andava verso il check-in o correva per l'imbarco. Li vedevo, tutti e tutto, così lontani, senza consistenza.

Riprendevo in mano il telefono. Era l'unica cosa che mi sembrasse reale.

«Grazie e buon viaggio. Prego, da questa parte».

La signorina in tailleur scuro mi restituiva i documenti sorridendo nelle sue labbra dipinte di un rosso pastoso. Ma io, come un daltonico, non le vedevo. Tutto verde, tutto grigio.

Intanto pensavo che la prima volta, mentre ci abbracciavamo, avevo fatto in tempo a leggere sul telefonino «amore mio», anche se l'aveva subito nascosto dietro la schiena e aveva detto che era una sua amica.

Il rumore e la vibrazione del decollo. Le spalle che si ritrovavano appoggiate allo schienale e l'aereo prendeva finalmente quota, fino a stabilizzarsi.

A poco a poco lo spettacolo fuori mi aiutava a liberarmi della pelle della realtà. Le nuvole immense. Le isolette piccole sotto, disegnate da uno di quei geni di Pinterest, con dentro la casa arancione di Emma e nel mezzo la bocca di Emma, la lingua di Emma che già si congiungeva con la scaletta del mio aereo.

All'aeroporto di Cagliari le pupille mi ballavano seguendo la camminata di due ragazzi hippy con zaini scoloriti in cui sembrava avessero messo tutta la casa.

Una vibrazione.

Avvicino il cellulare.

La mamma di Emma.

«Ciao Alessa'... Volevo dirti che ho saputo da Emma e mi dispiace un sacco...... Immagino come ti senti, sai, anch'io ci sono passata... Ma poi si supera tutto vedrai... Ti abbraccio forte forte...». Faccina che manda un bacio.

Ti abbraccio forte forte? Ma cosa?

Riscrivo a Mario.

«Mario, scusa se scoccio ancora. Mi ha scritto Marisa dicendole che le dispiace. Vuol dire che Emma ha già deciso?».

Mario scrive, cancella, riscrive.

«Non so bello. Qua non so niente di nuovo».

«Ma tu non hai detto niente, vero?».

«Ma no, tranquillo».

«Mi ha scritto che le dispiace, che poi si supera tutto, che anche lei c'è passata. Quindi è tutto definitivo?».

«A me nun me pare. Però una cosa sì... Non rovinarti per lei. E per nessuna. Ricordatelo. Sei un ragazzo d'oro, c'hai tutta la vita da vivere. Pensa al tuo bene».

Dio santo. Mi sembrava di leggere i titoli di «Riza Psicosomatica» sulle vetrine dell'edicola.

Lascio perdere.

Fu in quel momento, per la legge che fa piovere sempre sul bagnato, che mi scrisse Samantha. E lì si scoprì tutto.

«Ciao Alessandro...».

Il cellulare vibra e in alto a sinistra, accanto al messaggio nuovo, compare una cascata di capelli castani luminosi.

«Sono Samantha... L'amica di Emma...».

Samantha, certo. Una delle amiche-sorelle.

«Ciao Samantha. Sì, mi ricordo».

«Ti scrivo perché devo dirti delle cose di lei... È importante...».

«È giusto che le sai anche tu», prosegue.

«La persona che è veramente...».

«Non ti meriti di essere preso in giro...».

«E mi dispiace di essere io a dirtele 'ste cose...».

«Ma va così...».

Samantha non mi dà nemmeno il tempo di rispondere al primo messaggio che continua ad aggiungere invii su invii.

«Lei ti ha detto che ci deve pensare, vero?».

«Tra di voi...».

«T'ha detto così?», incalza.

«No?».

«Sì».

«Ma a dire il vero non sto capendo più niente», aggiungo.

«Immagino...», continua lei.

«E non credere che sei l'unico sai...».

«Te lo posso dire anch'io... come amica...».

«E guarda che lei quando dice così ha già deciso...».

«È solo un modo di dire da quella gran paracula che è che deve pensarci…».

«Ti ha detto qualcosa direttamente?», chiedo.

Samantha aspetta qualche secondo in più prima di continuare.

«Mi spiace dirti 'ste cose…».

«Mi aveva scritto già sabato… Di sera…».

Il giorno prima della gita ad Anzio.

«Dopo che mi aveva mandato la foto della collana che le avevi regalato…».

«Mi ha scritto che ti aveva lasciato…».

La nuova vibrazione mi mostra uno screenshot del messaggio che le è arrivato. Si vede tutto, parola per parola, punto per punto. «Ho lasciato Alessandro». Alle ore 21,43 di sabato.

Non so che risponderle. Lascio galleggiare il cursore nello spazio bianco che mi suggerisce serafico «scrivi un messaggio», ma per fortuna fa lei. Uno dopo l'altro.

«Lei fa sempre così…».

«È la sua specialità…».

«Con i ragazzi… Con le amiche…».

«È una falsa marcia…».

«Ormai io non credo più a niente di quello che dice…».

«Cambia da un minuto all'altro…».

«Non sa cos'è il rispetto per le persone…».

«Non sa cosa vuole…».

Mi inserisco. «Ma si è rimessa con il suo ex?».

«Chi?», scrive lei.

Mi sembra impossibile che non ne abbiano parlato.

«Vito».

«Vito?…».

«Sì. Il tipo di Castellammare».

La faccina selezionata da Samantha è mezza gialla e mezza azzurra e spalanca completamente gli occhi.

«Ma cosa ti ha detto di Vito?».

«Se non c'è neanche stata davvero insieme...».

«Credevo che fosse il suo ex», faccio io.

«Ecco, vedi...».

«Vedi come fa... Chatta con tanti e poi racconta un mucchio di cazzate...».

«Vito è solo uno di quelli con cui si sentiva...».

«Io capisco che ha i suoi casini in famiglia...».

«Suo fratello è andato completamente... L'hai conosciuto no?».

Confermo.

«E non ti dico che scene ho visto pure io...».

«E suo padre, quello vero, lo sai no? È un ubriaco perso. E poi alza le mani...».

«Ma i problemi li abbiamo tutti... E questo non ti autorizza a calpestare i sentimenti di chi ti vuole bene...».

«Deve imparare a vivere...».

La microragazza che sta parlando alla zia e in teoria anche a me, mentre il suo fidanzato guida, racconta che lei è speleologa soccorritrice. Speleologa soccorritrice – scrive il computer del mio cervello e lascia l'informazione lì senza farci niente. Per dire quanto ero distrutto. In un altro momento avrei cominciato a raccontare che anch'io stavo facendo il corso per diventare volontario della Croce Rossa. Che mi ero già imparato tutta la parte giuridica, com'era nata la CRI, qual era il suo spirito. Leggi, leggine. Entro un paio di settimane saremmo arrivati alla parte pratica con le simulazioni. Un'altra cosa che mi appassionava. Salvare vite mi sembrava uno dei pochissimi eroismi autorizzati.

Invece continuavo a girarmi tra le dita il cellulare, aspettando che la migliore amica di Emma mi allungasse ancora un graffio tra costola e costola. Masticavo chewing-gum a bocca larga digitando messaggi del tutto inutili, perché Samantha era un fiume in piena.

«Adesso l'ultimo con cui si sta scrivendo si chiama Piergiorgio… È uno che c'ha ventiquattro anni…».

«Di Milano, lei dice che fa il modello…».

«Ma per me boh… Scrive anche a ragazze più piccole di lei…».

«Sei sicura?».

«Boh… Mi pare tutto strano…», mi risponde Samantha. E poi aggiunge:

«Scusa se ti ho detto queste cose ma penso che è meglio che sai la realtà com'è…».

«Io sono rimasta fregata quanto te…».

«Sì, hai fatto bene a scrivermi», digito. «Grazie!».

«E di che?», fa Samantha, prima di salutarmi dicendo che deve andare e che, se voglio, ci possiamo sentire nei prossimi giorni.

La saluto anch'io.

Faccio affondare il cellulare in tasca e alzo gli occhi sulla strada che si incurva sotto un sole estivo e una raggiera di palme che si aprono ai lati. Mi sento dentro come se mi stessero strappando dei manifesti.

In quei due giorni a Cagliari ero diventato una specie di migliore amico della ex migliore amica di Emma. Ci eravamo scritti di continuo, pure nel tragitto dall'aeroporto a casa, finché lei mi aveva detto che se volevo la potevo chiamare. Finalmente poteva.

E così, appena toccata la porta di casa, non avevo neanche salutato mia madre e i miei fratelli. Mi ero piantato sul gradino dell'ingresso, avevo premuto il numero di Samantha e ascoltato il conteggio del KO prima di sentire la sua voce.

«Bella Alessa'».

«Ciao Samantha. Tutto a posto?».

«'Na cifra. Tu?».

«'Na cifra anch'io», soffio.

«Fa piacere sentirti».

«Anche a me».

«Perché, alla fine, stiamo nella stessa barca».

«Insomma ha fatto la stronza anche con te».

«Mica una sola volta, sai. Gliene ho già fatta passà qualcuna. E non te le sto neanche a di'. Falsa. Falsa totale. Ma adesso ho deciso di chiudere. Proprio pe' sempre. C'ho il numero diretto di suo padre. Uno di questi giorni so io che faccio. Lo chiamo e gli racconto tutto. E dopo vediamo se continua a fa' la stronza con sciallezza».

Butta fuori l'aria con affanno.

«Che se proprio deve fa' il matto, quello lì, lo faccia per qualche ragione.

Non sai quanto so' stufa di farmi deludere dalle persone. Tanto proprio.

Non c'è scritto da nessuna parte che noi ce dobbiamo sopportà 'ste cose.

Ma che? Siamo nati pe' stà male?».

E io lì a dirle «infatti», mentre finivo di schiacciare una sigaretta per terra e me ne infilavo un'altra tra le labbra, con il cellulare premuto tra orecchio e spalla.

«Ma, ascolta, l'ultimo che mi dicevi… Cos'è che sai di preciso?».

Samantha ha un'esitazione.

«Chi?».

«Il milanese… Piergiorgio».

«Il fijo de 'na mignotta? Quello con cui sta in fissa adesso…

Boh, non è che so più di quello che t'ho detto».

Samantha si incupisce, perde il tono di prima.

Sospira più volte.

«Sai che c'è, Alessa'?», fa poi.

«È tutto 'na merda… proprio 'na merda. Tu pensi di poterti fidare e tiè, t'arriva la mazzata. Nel punto che meno te l'aspetti. Dalla persona che meno te l'aspetti. Te stanno a dì de vivere, de divertirti, che c'hai tutta la vita davanti. Ma divertirti cosa? Ma divertirti dove? Non puoi avere un momento di debolezza. Con nessuno. Devi tenerti tutto per te».

La voce è lì lì per franare nei singhiozzi.

«Samantha…».

Samantha sospira e non risponde.

«Samantha… Tutto bene?».

Meno male che la persona nella situazione brutta sarei io.

Sento un singhiozzo lungo e sussurrato come quello che esce dalla moka che annuncia il caffè.

«No, Alessa'…», singhiozza. «No che non sto bene… Come cazzo… come cazzo… se fa… a sta' bene… in questi posti? Co' 'sta gente…».

«Eh», soffio, guardando per terra. «A me lo dici…».

«Lo so, lo so… ma almeno tu… sei lontano… da tutta… 'sta merda…».

«Mi sa che la merda è sempre uguale».

«No che non è uguale… non dappertutto…», fa lei. «Non credo che puoi capire… qui sono… degli animali…».

«Non capisco no. Cosa vuoi dire?».

«Che qui se ce l'hanno con te non te fanno vivere», sputa.

E lì, tra un singulto e l'altro, viene fuori che tre anni prima, quando aveva tredici anni, era stata bullizzata.

«Solo perché venivo da fuori e sono andata a dire quello che non dovevo dire alla persona sbagliata, 'na stronza che poi è andata a raccontarlo a mezza scuola. Ma chi poteva saperlo? In più, c'è il fatto che come seno ero quella messa meglio della classe».

Tira su con il naso.

«Hanno cominciato a scrivere sui banchi, nei cessi, Samantha troia. Samantha fija de na mignotta. Scopantha. E altra roba simile. Hanno dato in giro il mio numero. Una volta m'hanno spinto nel bagno dei maschi, m'hanno filmato e m'hanno messo su internet. C'avevo gli occhi di tutti addosso, sempre», sussurra. «Come fare ogni giorno la passerella. Roba da uscire pazzi. Ero proprio presa male».

Spingo via il fumo della quarta sigaretta. La mano scorre sul parapetto freddo del lungadige gonfio di foglie.

«E la scuola non ha fatto niente?».

«Quelli? Niente, ovvio. Figurate…», fa. «Quelli fanno sempre finta che tutto va bene. Finché la roba va su internet a loro tanto che gliene frega. Che possono fa' loro? Che possono di'? Mica vogliono cazzi. E le volte che si mettono a fa' discorsi è tanto meglio se stanno zitti».

«Che schifo. Mi dispiace, Samantha».

Adesso tira su col naso.

«Mo' non vedo l'ora che passi st'anno eppoi mando affanculo tutto. Ar fly proprio».

«Cosa vuoi fare? Andare via di casa?».

«Guarda che sto già da sola».

«In che senso?».

«Che vivo da sola».

«Veramente?».

«Sì».

«Ma con degli amici?».

«Figurati amici… Ho delle cose in piedi per mantenermi. 'Sto giro mi mandano dei prodotti che devo testare. Di bellezza.

Mi pagano a pacco». Tace per un momento. «Mo' non è che ridi, per favore».

«Ma scherzi?», faccio io, mentre continuo a camminare, lento lento. «E quanto ti danno?».

«Quello che mi basta per adesso. Sai...», aggiunge poi, con la voce che le è tornata secca come prima. «Emma è uguale a tutti questi altri. Non se lo merita uno come te. Te sei uno speciale».

La voce le si rompe di nuovo. Sento il fischio leggero del suo pianto. Vorrei mordere il filtro della sigaretta, mangiarlo e sputarmelo tra i piedi.

Samantha non dice una parola. Ci vuole un po' prima che si rianimi. Poi, piano piano, riesco a farla parlare di Emma. 'Na stronza. 'Na zoccola. 'Na scema. 'Na pazza furiosa, che si sentiva con cento di loro e poi, per uno che l'aveva lasciata, alle vacanze di Natale le si era buttata in braccio piangendo. Intanto ce n'aveva almeno altri due in stand-by a farsi le seghe con le sue foto porno. Più quello di Verona. Cioè io. Una nube tossica di amori virtuali, di dolori virtuali, di lacrime e sospiri virtuali. Una storia di fantasmi in cui ero l'unico vivo. L'intruso.

Mi si rompeva il cervello di pensieri, mentre Samantha parlava, parlava...

«Sai che facciamo adesso?», irrompe, alla fine. «Ti metto in muto e provo a chiamarla. Così vediamo se esce fuori qualcosa. Eh?».

«Va bene».

Appoggio il cellulare all'altro orecchio. Premo i gomiti sul parapetto. Lo sguardo mi corre tra i fiotti verdi che scorrono pesanti verso le acciaierie Galtarossa.

Aspetto.

Un sacco di trilli a vuoto e poi la voce di Emma, in lontananza.

«Samantha...?».

Il cuore mi dà una scarica tra petto e gola. Però mi trattengo e non emetto un fiato.

«Buongiorno», fa Samantha, secca.

«Oh, com'è?».

La voce di Emma è strana rispetto al solito. Distratta.

«'A scema». Emma per un po' non risponde.

«Eh? Mo' che c'hai? Scema a chi?», dice poi.

Samantha ridacchia.

«Fai finta di niente pure?».

La voce di Emma riemerge da un'altra lunghissima pausa.

«Che vuoi, Sama'?».

«Non è il caso che mi spieghi?».

Sbuffa.

«Ti ho detto che non sto a capì niente. So' stanca. C'ho mal di testa. Che vuoi?».

«Tu sei sempre stanca quando devi spiegare le tue stronzate».

«Aridaje, nun c'ho voglia di litigà stasera».

È quasi indifferente.

«E la storia di Alessandro? Quella me la puoi raccontare giusta? Almeno quella...».

Tace.

«Raccontare cosa?».

«Di Alessandro».

Pausa.

«Ohhh... Ancora?... Adesso no, Samantha, ti chiamo più tardi».

Mette giù.

Dopo qualche secondo, sento la voce di Samantha più forte. «Alessa'?».

«Ci sono».

«L'hai sentita, no?».

«Sì».

«Niente. Lo vedi come fa. Poi era tutta strana, chissà che c'aveva».

Sarà stata impegnata a chattare col milanese.

«Ci abbiamo provato», le dico. «Grazie comunque».

«E di che? Ci sentiamo quando riesco a sapere qualcosa di più. Ah, a proposito!».

«Sì?».

«Miserini mi pare che si chiama. Sì, Miserini. Il coglione di Milano…».

«Ah, grazie, Samantha!».

Rimetto il cellulare in tasca. Ho l'orecchio bollente e la decima sigaretta pronta da fumare.

11

La ragazza con gli zigomi tondi e il sorriso dolce del selfie davanti alla fontana di Trevi si era sfilata da sotto la mia spalla ed era diventata una maschera da festino horror. Aveva dimenticato Alessandro, archiviato Vito, congedato gli altri di un giorno o di un'ora, e adesso ballava la sua danse macabre con un modello milanese.

Mi connetto a Instagram. Cerco quel nome che mi gira in testa da giorni. Appena apro la pagina di 'sto infame, resto secco.

O è photoshop selvaggio o è veramente un gran figo. Muscoli da superpalestrato con il segno delle vene sopra. Polpacci e addominali unti d'olio. Faccia scavata. Una rosa dei venti tatuata vicino all'ascella e una specie di cumulonembo grigio-nero sui pettorali. Sguardo d'acciaio. Nessuna traccia di peli.

Fa in modo di sembrare nudo anche quando è vestito.

Più scorro tra le foto del suo profilo, più sospetti mi vengono.

Va bene che l'amore è cieco, ma com'è possibile che uno così, con tutte le gnocche che incontra ogni giorno nel suo ambiente, vada dietro a una, sì, carina, ma… insomma… neanche mettere certe tipe di YouPorn, cioè, voglio dire, delle copertine di «Cosmopolitan»?

Gli faccio la radiografia, la tac, l'endoscopia. Guardo chi segue e da chi è seguito. Scopro che Samantha ha ragione: ha messo commenti sotto le foto di varie bambine. 13 anni. 12.

11. Più vado avanti, più sembra il conto alla rovescia di un razzo americano.

La scema… Si stava facendo fregare da un pedofilo.

Non reggo.

Prendo il telefono.

Non fa in tempo a cominciare con il suo solito «Ciao Ales…» che la travolgo.

«Taci». La mia voce è di metallo e graffia, non l'ha mai sentita così. «Con chi cazzo ti stai sentendo adesso?».

«Eh?».

Scandisco bene. Abbasso la voce come per prendere la rincorsa. «Con. Chi. Cazzo. Ti. Stai. Sentendo. Adesso».

Fa un risolino. «Ma a te che t'importa con chi mi sento?».

«Sei solo una zoccola…».

«Ma come ti perm…».

«E una cretina».

«Aó!», strilla. «Mo' la smetti?».

«Chi è Piergiorgio Miserini?».

Tace.

«È inutile che mi dici altre palle. Tanto so tutto».

«Be', se sai tutto… È un mio amico».

«Ah… Vito non ti bastava?».

«Cosa c'entra Vito? Vedi come sei fatto? Che ossessioni come un pazzo?».

«E mi dici quanti anni ha questo tuo amico?».

«Non ti interessa».

«Quanti anni ha?».

«Maniaco ossessivo».

Alzo la voce. Ringhio.

«Quanti anni ha 'sto bastardo?».

«Ehi! Come ti permett…».

«Quanti anni ha?».

«Hai detto che lo sai già, no?», soffia.

«E la Marisa lo sa?».

Aspetta.

«Cosa c'entra mia mamma, scusa?».

«Be', se va tutto bene, perché non dovrebbe saperlo? È tua mamma, no? Anzi, togliamoci subito il problema. Glielo scrivo io», allontano il cellulare dall'orecchio. «In diretta, eh. Scusa che ti metto in vivavoce…».

Emma improvvisamente si agita.

«Oh, fermati un po'! Cos'è che fai?».

«Glielo scrivo. Alla Marisa».

«Cosa scrivi? No! Sta' fermo!».

La sua voce adesso ha perso tutta la sicurezza da bambina capricciosa.

«Perché no?», dico, e allontano volutamente la bocca dal microfono. «Se non c'è nessun problema… È una bella cosa da condividere…».

«No! No!», guaisce. «Cavolo fai?».

«Aspetta eh…».

«Ma le stai scrivendo sul serio? Non ti permettere!».

«Ciao Marisa…».

«Smettila!».

«…».

«Alessandro!».

Emma incomincia quasi a implorare.

Il vivavoce riporta la sua voce rotta, che trascina le sillabe. «Ti prego», dice. «Per favore… Questo mi capisce veramente…».

Quelle ultime tre parole mi fanno perdere completamente il controllo.

Tolgo il vivavoce.

Mi attacco al microfono come per divorarlo.

«Come, ti capisce?», urlo. «Questo non ti può capire! Questo è una persona schifosa!».

Lei si mette a strillare per cercare di farsi sentire oltre la mia voce. «Che ne sai? Che ne sai tu, che non hai mai capito niente…».

«Ah sì? Mi pare di aver capito molto più di te, invece. Non ti sei neanche accorta che ti sei messa con un pedofilo! Cretina!».

«Cos'è che hai detto?».

«Un pedofilo», faccio, respirando forte. «Pe-do-fi-lo».

Tace.

«Non vedi che scrive a gente più piccola di te? Guarda a chi mette i like e dove commenta. La più grande avrà tredici anni».

«Bravo sei. Ti sei messo anche a indagare…».

«Ma svegliati. Ti ha già scritto che gli piacerebbe conoscerti meglio?».

«Ti ho detto che non ti rispondo», fa. «E comunque, me lo dici solo perché vorresti che ritornassi con te. Però mi dispiace: non è possibile… Ormai ho deciso. Voglio farmi una vita nuova».

Si era ridata un tono. Sembrava di sentire una filosofa. Pareva una principessa, oddio, m'ha spezzato 'o core…

«Sì, con i pervertiti», ghigno.

Con Emma ci eravamo sentiti solo altre due volte in tutta la settimana. Mi aveva chiamato lei.

La prima volta per spiegarmi quanto io e Vito fossimo diversi: io l'avevo ferita senza pietà, lui le era stato tanto vicino, un amico che le dava una fiducia praticamente incondizionata.

La seconda per annunciarmi, tutta trionfante, che sarebbe andata a trovarlo il giorno dopo approfittando che lui era in gita con la sua classe a Roma.

Li immaginai insieme in certe faglie del tempo, abbracciati tra i capitelli degli imperatori e i tesori del papa. Farsi un selfie davanti alla fontana di Trevi, con dietro l'acqua color piscina. Lo avrebbe portato dove aveva portato anche me? Avrebbe ripetuto gli stessi giochini?

Tutta la geografia della sua spettacolare città mi ribolliva dentro, pietra dopo pietra, lastrone dopo lastrone.

Vito. Piergiorgio. Di nuovo Vito. Le bambine che il milanese insidiava, che gli mandavano foto porno con il lecca-lecca. Magari anche Vito era un pedofilo e aveva una collezione di piccole implumi con il lecca-lecca.

Ormai non connettevo più.

Il suo numero me l'ero già salvato in rubrica.

Faccio scorrere a cascata tutti i contatti, finché non lo trovo.

Ci premo sopra furiosamente con il polpastrello.

«Rispondi, bastardo!». «Rispondi, bastardo!». «Rispond…».

Mi risponde una voce screpolata, sottile.

«Chi è?».

Parto in quarta. Lo sovrasto con le mareggiate del mio napoletano, che mi sgorga dal cuore di tutto uno struggimento di guerre tra innamorati.

«UÈ, STRUNZ!».

«Ma chi…».

«OMM' 'E MERD! LATRINA! LA-TRI-NA!».

«Ma chi è?», pigola lui. «Mi dica chi è!».

Ha una voce del cazzo, da cucciolo delle gif che si mandano le ragazze.

La mia è dieci volte più fonda e più sento la sua inerme, esitante, più spingo i suoni dentro le guance perché diventi ancora più fonda e lo risucchi nell'inferno che ho dentro per colpa sua.

«STATTE ZITTO, FIGLE 'E 'NTROCCHIA!».

«Ma senta, guardi che ha sbagliato numero… c'è un errore».

«TACI, RICCHIO'! ME STAIE PIGLIANNO P'O CULO? STATTE ACCORTO CA T'ACCIRE! STONG CERCANNNO A TE! TE CHIAMME VITO SÌ O NO?».

Lui, spaventatissimo.

«Sì, je so' Vito… Ma che t'aggio fatto?…», balbetta.

«M'HAJE ARRUBBATO 'A NNAMMURATA MIA!».

«Ma… ma pecché…?».

«PECCHÉ NU CAZZ'!».

«Frate', famme capì…».

E io giù a travolgerlo, a promettergli atrocità perché macchinavano di tradirmi per l'ennesima volta.

«Ma, frate', no, no…», fa lui, disarmato.

I primi «fratello» glieli ricaccio indietro, incazzandomi il doppio. Ma all'ennesimo faccio una pausa e lo sto a sentire. Ha una voce troppo sincera.

Non è colpa sua, assolutamente, tenta di spiegarmi. Lui non sa proprio niente di certe storie di Emma. Anzi. Non le avrebbe mai nemmeno immaginate. È vero che le aveva detto che si sarebbero potuti vedere, ma solo perché lei aveva insistito. Non sapeva neanche alla lontana che avesse un fidanzato a Verona. Lei, anzi, con lui si lamentava sempre che era triste, che era sola.

«Je te capisco, fratemo. Je nun 'e faccio 'sti ccose. Song n'ommo 'o vero. Je nun t'aggio maje tradito!».

Nel buio mi pareva di vedere la sua mano sul petto, il petto di un cucciolo spaurito, appena tirato fuori dal canile, con gli occhi puliti e leali. Non una traccia del mostro Vito che lei aveva costruito pezzo per pezzo, come un puzzle da milioni di tessere che mi toglieva l'aria.

«Ma chi 'a vo' a chella? Je penzave fosse 'na buona guagliona. Vulesse 'na guagliona d'oro. Ca me sape vole' bbene, ca nun me tradisce, ca penza sulo a me e nun fa 'a cessa. Pecché nun voglio muri' accise d'a gelosia, 'a gelosia t'avvelena 'o core. Comme riceva Marco Calone: «Gelosia, t'e' pigliata 'a vita mia».

«Tu fai tanto l'ommo 'e onore», ribatto, già quasi del tutto disarmato. «Però a 'sta guagliona l'hai fatta chiagnere... Quanno steve 'nzieme a me je nun aggio maje fatte promesse can nun putevo mantene'!».

Vito fa un sospiro interminabile.

«Cumpa', je nun 'a vulevo a 'sta guagliona, pecché 'o core mio steve chieno r'ammore pe' n'ata. Essa sapeva can nun puteva trasi' rint'o core mio, e pe' chesto chiagneva e nun me faceva piglia' suonno int'a nuttata».

«'A quanto tiempo state 'nzieme?».

«'A n'anno».

Incredibile. Altro che sciupafemmine.

«Allora tu si' nu buono guaglione», ammetto. «È stata Emma ca m'ha mise contro 'e te!».

«Certo, core».

Era fantastico, fantastico scoprire un amico vero. Il primo. Fantastico! Mi facevo venire da piangere da solo.

«'O ssaje ca tu si' nu fratemo carnale», insiste Vito.

E adesso anch'io lascio che si sciolga questo groppo di sconcerto e di affetto da compari che mi sta bloccato in gola.

«E tu si' 'o cumpagno mie, ce simme conosciuti 'ncopp a nu telefonino, pe' colpa 'e n'ammore malato...».

Mi offrì la sua solidarietà più totale, Vito, quando gli raccontai gli ultimi sviluppi e come tutto con Emma stava finendo in modo surreale e quello che lei mi aveva sempre detto del suo ex napoletano. Cascava dalle nuvole.

«Mamma r'o Carmine...».

Non ci poteva credere.

Era vero che si erano scritti e anche un po' sentiti, ma non c'era mai stato un fidanzamento, neanche virtuale, neanche di striscio, e lui di salute, facendo le corna e pregando «a san Gennaro», stava bene, a parte un'allergia che gli chiudeva il naso di notte.

Il suo napoletano pieno di cuore. I suoi principi sani. La sua fratellanza da uomo a uomo.

Mi assicurò che il giorno dopo piuttosto che vedere una chiavica come Emma si sarebbe buttato nel Tevere. Che con lui aveva chiuso proprio. L'avrebbe bloccata anche su Instagram, WhatsApp etc.

E lo fece davvero.

«COSA SEI ANDATO A DIRGLI?», mi urlò lei un paio di ore più tardi e credo la si sentisse parola per parola pure senza il vivavoce, vista la faccia stralunata di mia zia che stava entrando nello studio. La spinsi contro lo stipite della porta e scappai in camera, mentre Emma continuava a gridare. Non mi lasciò emettere suono.

«COME TI PERMETTI? COME TI SEI PERMESSO DI IMMISCHIARTI NEGLI AFFARI MIEI? SMETTILA DI ROVINARMI LA VITA! E mo' ti blocco pur'io», disse.

E così fece.

12

Un giorno. Due giorni. Tre giorni. Neri come gli occhi del teschio dell'anello che avevo sull'indice.

Stringevo le dita il più possibile, fino a sentir bruciare le unghie nel palmo, e poi colpivo. La mascella. Il petto. La spalla. L'altra mano. In bagno, dietro la porta chiusa.

Mi picchiavo perché la leggerezza con cui mi stava trattando era insopportabile. Perché mi ero fatto fregare. Perché volevo avere anche la faccia da cattivo ragazzo.

Poi andavo di corsa dalla tabaccaia amica mia vicino all'Arena. Cominciai a fumare un pacchetto al giorno. MS rosse: amaro tradimento amaro fumo…

Lo stomaco era perennemente chiuso. A casa non riuscivo a mangiare e mi inventavo polemiche per la solita pasta al pomodoro e la solita bistecca. Giusto la droga delle spezie del kebab, gli odori chimici nauseanti degli aromi del bubble tea, la morbidezza truccata di certi tramezzini mi riaprivano un forellino di esofago. E dopo vomitavo. Gli spuntini in giro per la città finivano per tre quarti nella tazza del water. Una volta mi venne da vomitare mentre guardavo un film nello studio. Sarà stata l'una di notte. Mi alzai dalla poltrona e mi piegai sulla finestra. Il giorno dopo c'erano tre lunghi schizzi gialli di carbonara sul vetro.

Con Giulio non riuscivo più a stare neanche per un giro ogni tanto. I «glazie, mamma!», esclamati con un sorriso pieno di gentilezza da Matteo mi sembravano avercela con me, mentre ringhiavo, a mio nonno, a mia nonna, a mia zia, a mia mamma: «Fuori!». O sennò uscivo io e mi giravo a verificare che non guardassero dalla finestra.

Facevo paura. Non c'era verso di addomesticarmi. Non mi fermavano neanche con le catene. Non parlavo neanche con un uncino piantato in gola.

Camminavo stanco morto e pieno di un'elettricità nervosa per la città cercando gente che non fosse il me dei miei familiari, gente che fosse un tu come Emma. Mi sentivo come in quei film di Tim Burton: un morto-vivo tra i vivi-morti. Con la nausea che faceva lo yo-yo in gola. Quel voler rinascere degli alberi, quei tappeti di fiori di violette e foglie a cuore nelle aiuole erano un'incongruenza. Stavo al telefono con Samantha per sentire il sottofondo degli aerei che partivano, l'aria di là. Appena la salutavo, però, l'elastico delle costole tornava indietro strizzandomi il respiro.

Un altro colpo sullo sterno, per risvegliarsi da quel brutto sogno che non passava.

Mi picchiavo perché anche se ti va bene tutto ci vuole un qualcosa di più. Perché senza la 'nnamurata tua anche solo un piccione investito dal bus è troppo triste da digerire.

Una mattina che non ce la facevo ad andare a scuola girai per ore, fino a trovare un parco dove non ero mai stato. Non c'era praticamente nessuno, a parte una donna con un passeggino vecchio e il suo bimbo più grande sull'altalena, che saltava sul seggiolino a ogni su e giù con la frangia che gli sbatteva contro gli occhi. L'altra altalena era avvolta su se stessa a strozzare il palo orizzontale della struttura, tutto pieno di firme e disegni scemi a pennarello indelebile.

Cercavo di respirare a fondo l'odore degli alberi, mentre attraversavo il prato. Di solito mi calmava.

Mi sedetti al contrario sull'ape a molla più lontana, senza dondolarmi. Appoggiai lo zaino a una delle due antenne spezzate. Davanti, in un angolo, c'era la statua di pietra di una madonnina. La fissai. Era tutta scrostata.

Il colore bianco del vestito. Il rosa chiarissimo del viso, che diventava etereo sulla fronte e sotto il mento. Le mani giunte. Una madonnina lebbrosa, che perdeva pezzi perché chissà da quanto tempo non c'era più nessuno che andasse a darle un velo di vernice. Andai a guardarla più da vicino.

Mi sembrava che avesse la faccia di una tristezza esasperata. Commossa per sé, non per noi, che non ce lo meritavamo proprio. Perché era ferma lì senza compagnia a non significare un bel niente, nella prigione di crepe che il tempo e le stagioni le cucivano addosso. Per le scaglie di vernice che le si staccavano da ogni parte e sembravano fatte ad arte per intitolarsi: Dolore. Lo sguardo al cielo che diceva: «Cosa mi tocca...».

La guardai a lungo negli occhi. Azzurrissimi. Puri.

Cercai di far scatenare una tempesta elettromagnetica di dispiacere. Mi accucciai su una pietra sotto di lei. Magari una scaglia di quel colore mi cadeva addosso. Stetti lì con il cellulare in mano a non piangere, a piangere le mie lacrime secche, le lacrime che non sapevano proprio come uscire dai miei occhi di pietra.

In classe sprofondavo nella sedia e stavo attento solo al cellulare, ai nuovi e vecchi like che Emma metteva su Instagram. Cercavo tra i seguiti tutti gli uomini. Guardavo dove abitavano. Quelli troppo lontani li lasciavo stare. Selezionavo quelli a un'ora, un'ora e mezza di distanza da lei, e lì cominciavo a sospettare. Mi mettevo ad approfondire. Contavo i commenti che lasciava lei, i cuori nei post, controllavo tra le foto se ce n'erano con loro insieme. Chiedevo ad altre persone che la conoscevano. Brumotti fa l'album degli spacciatori; io facevo quello dei suoi ex. Ne avevo scoperti almeno altri dieci. Disagiati che non sapevano manco dire che tempo faceva, però avevano più o meno tutti fisici da copertina di «Men's Health».

La ricerca di solito terminava quando mi ritiravano il cellulare. Allora strisciavo un po' in su sulla sedia, puntavo gli occhi, giravo tra le dita la pilot nera e mi vendicavo sfottendo il professore di turno. Qualche battutina da levare la pelle e la classe esplodeva, mentre quello/a in cattedra doveva implodere. Cominciava un circo di piccoli movimenti stizziti. Labbra che si strizzavano, muscoli che si stringevano, camicie che si sistemavano, colletti, astuccio, registro, parole che si inghiottivano. Quindi minacciavano di scrivere a mio padre e a tutti i rami familiari di cui erano a conoscenza, visto che le note a mia madre non avevano sortito gli effetti sperati, o di mandarmi dalla preside, ma anche quella era una sfida che non mi dispiaceva, anzi. Potevo sfottere a un nuovo livello di difficoltà. Talvolta chiedevo io che mi ci mandassero. Serviva a farmi dimenticare il resto. Il nemico di fine livello che se ne stava inchiodato da qualche parte, con tutti i suoi superpoteri e le sue abilità micidiali, in una caverna subacquea dentro di me.

Quando regnava la pace in classe, invece, me ne andavo lentissimamente a fumare tra le mattonelle del bagno. Ci mettevo mezz'ora solo per arrivarci. Quasi una meditazione. Mi appoggiavo alla porta verde, accendevo la sigaretta, perdevo lo sguardo nello scarico lurido del cesso alla turca e nelle fughe verdognole tra una mattonella e l'altra. Guardavo la piastrella del cielo ritagliata nel rettangolo alto della finestra, e mi sembrava un'inferriata. Una prigione che non finiva mai.

Cercavo di dimenticarmene insieme al Boss e agli amici suoi. A ricreazione sceglievamo panini da Bruno e poi ci mettevamo in semicerchio. Il Boss aveva qualche annetto più di me e se ne faceva una dopo l'altra, come gomme da masticare. Quando ce ne parlava, non c'erano descrizioni di espressioni, conversazioni, di messaggi o di serate, ma solo dettagli ginnici e scenografici.

Panino allo speck e formaggio e la storia di Annalisa che gliel'aveva data sulla spiaggia, subito dopo una serata in discoteca e il bagno in mare. Gli era rimasto il brutto ricordo della sabbia appiccicata dappertutto, in particolare in bocca, perché quella non faceva che toccargli le labbra e baciarlo, e sul culo. Consiglio pragmatico: mai farlo senza un ampio asciugamano.

Toast classico e Margherita che gli aveva fatto un servizietto nell'ascensore della palestra e poi si erano imboscati tra i materassini dell'aula deserta di danza. Gli era piaciuto, non fosse stato per la strana pelle rugosa che lei aveva sulle ginocchia e ogni volta che la sfiorava glielo faceva venire un po' mollo.

Panino alla mortadella e la sua quasi cugina che gli si era infilata nel letto per le vacanze di Capodanno.

Fontina e peperoni e quella tipa lesbica che però c'era stata eccome.

Il rendez-vous sul sedile posteriore della macchina, nel parcheggio di un parco, con il maniaco che a un certo punto si era inchiodato ai finestrini.

Quella pazza che lo aveva seguito e abbordato per strada. Una come piaceva a lui, con i capelli corti e i tatuaggi, che si era fatta fare un bel filmato nel suo nuovo monolocale.

Quella che gli aveva chiesto di salire, che aveva la casa vuota, e non intendeva fidanzarsi perché non voleva complicazioni.

Quella che urlava, o meglio squittiva, senza interruzioni e quando scopavano si teneva le tette che ballavano perché erano enormi e a lui veniva ogni volta da ridere perché sembrava che le sbattessero sul mento.

Tramezzino crudo e funghi e gli esperimenti con lo zenzero che aveva provato con l'ultima, che stava vincendo la palma in termini di durata perché si faceva fare di tutto e aveva un culo magnifico, e soprattutto non rompeva con la storia dei preservativi.

Io lo ascoltavo, masticavo, ridacchiavo, e di tanto in tanto gli buttavo là qualche domanda. Ma non gli avevo mai detto niente di Emma, ovvio. Provavo una specie di invidia per lui e per quegli altri: l'amico ricco, sempre leccatissimo, con il mocassino fashion lucido lucido e la caviglia in vista, che già guidava la sua Smart; quello sempre vestito dark con lo sguardo scuro da topo sopra le occhiaie. Perfino l'ultimo, con gli occhialetti, la barbina e la esse blesa, che sembrava più omosessuale che etero, ed enumerava scopate peggio del catalogo del *Don Giovanni* di Mozart che mia madre a volte canticchiava.

Mi era presa una paura matta di non riuscire a imitarli. Una specie di ossessione.

Le cose che mi aveva detto Samantha mi facevano venire dubbi su tutti quelli che incontravo. Ecco cosa significava diventare esperti del mondo. Avere una valanga di dubbi. Su tutto. Di sospetti. Rinunciare in partenza anche solo a provarci a sognare qualcosa di semplice, di limpido, di giusto: di bello e di buono. L'ora dei cartoni era finita. Per sempre. Ma pure quella dei libri, dei racconti che facevano disperare per sperare un gradino più in su. Come maestro di vita c'era solo il fiato grosso del primo che passava. Baristi, cameriere, pensionati conosciuti mentre fumavo su una panchina. Il kebabbaro che si apriva con la mano un reame incantato in mezzo al tanfo di cipolla e plastica scaldata per raccontarmi di quando suo padre combatteva per la libertà del suo popolo. Billah, il tunisino, con la passione del suo dio. Etiopi, nigeriani, rumeni, moldavi, marocchini.

Il loro italiano strambo, le loro parole accidentate. Mi sembravano dire la verità su un mondo strambo. Dire una verità stramba. E chi dovevo stare ad ascoltare? Fabio?… Con la faccia saracina del nonno napoletano e le e dei «perchè», spalancate, perché era nato a Crema e Crema era già Milano, e la smania di fare i selfie con il vip di destra di turno per mendicare like di figli di ricchi su Instagram? O gli altri che si trovavano sempre in quel locale, mangiavano sempre in quell'hamburgheria, si vedevano sempre tra di loro, quelli che le famiglie avevano unito all'asilo e mai esperienza di vita avrebbe dovuto separare – o avvicinare sul serio?

Ma dopo anche il kebab lo vomitavo e le salse piccanti da piangere dei libanesi mi corrodevano lo stomaco per tutta la giornata. Lo sentivo tendersi e bruciare, mentre guardavo il mascellone di Piergiorgio Miserini, le gocce di sudore che gli scorrevano sul petto agli ormoni, i suoi vischiosi occhi verdi.

Un pomeriggio riesumai un vecchio smartphone con il vetro fracassato, che mi ero inventato non si ricaricasse più per farmene regalare uno nuovo. Lo tirai fuori dal cassetto in cui l'avevo sepolto, sotto biglietti del cinema, dell'autobus, matite senza punta e cartacce di merendine. Tenni premuto il pulsante laterale fino a vedere lo schermo nero illuminarsi della scritta Samsung. Funzionava. Entrai in Instagram e creai un account falso da cui spiare Emma.

Nome…

Un nome facile: Giovanni.

Cognome…

De Carmine!

Almeno nell'impossibile ero del sud, mi scaldavo la schiena con il sole che fa maturare gli agrumi e fa volare la crosta di questa Terra cretina in nuvole polverose di caldo.

Giovanni De Carmine: mi piaceva. Sapeva di nonni che buttano sguardi da sotto in su aggiustandosi la coppola sulla fronte bruciata, mormorando frasi oracolari che nessun veronese avrebbe mai capito.

Ma non potevo essere solo un italiano del sud. Dall'altra parte soffiava un altro vento, traslucido, fatto di yacht smisurati, di sguardi glaciali al polonio, di parole che nascevano cattive e strozzate anche quando dicevano «ti amo». La Russia.

Madre russa.

E patri siciliano.

13

Il primo con cui mi sfogai fu quella chiavica di Miserini. Ma senza fargli capire che c'entravo in qualche modo con Emma.

Certo che sul web gira veramente della gente lurida. Col cavolo che era un modello milanese. Quello di sicuro era uno che si era fatto un archivio di foto false pescando in giro con tanta buona volontà e magari, nella realtà, quando scendeva di casa per prendere la sua michetta, era un trippone bavoso con i denti gialli. Spero che un algoritmo, un giorno o l'altro, gli faccia fare la fine che merita.

La sera della mia seconda domenica senza Roma – una domenica di sole, che avevo passato sulle Torricelle con i Ray-Ban più scuri che avevo inchiodati al naso – mi chiama.

Piange.

«Cos'hai?», faccio.

«Ti ho sbloccato», dice. E continua a piangere.

«Emma… Cos'hai?», faccio.

«Sto a pezzi», mugola. «Mamma… ha scoperto che sto con Piergiorgio…».

Non dico niente.

«Ci sto male, Alessa'… nel senso che mi ha dato tanto, anche senza vederci…».

Farfuglia e continua a parlarmi di lui, poi cambia registro e sulla lingua le scintilla una frase che è come quei lecca-lecca delle bancarelle che stingono una scia di rosso lucido.

«Alla fine sei stato solo tu che mi hai dato felicità. Sto pensando se potrei tornare con te…».

Ah! Il sollievo! Tutto il peso che mi premeva addosso, polverizzato. Dal cuore, invece che sangue, colava felicità e felicità. Cambiava l'aria. C'era il triplo di ossigeno e un velluto di luce.

Allora non avevo la freddezza di riconoscere le frasi copia-incolla. La presi sul serio. Cambiava la faccia del mondo quando lei era gentile.

«Ma sei convinta?», chiesi, lentamente.

Rispose subito. «Sennò non te lo dicevo».

Mi fermai a godermi quella quiete dopo la tempesta.

«Che bello!», dissi poi.

«Vero?», fece lei, e mi sembrava davvero di vederla sorridere.

«Tuo fratellino piccolo come sta?», mi domandò, tutta carina.

Facevo fatica a essere preciso.

«Benissimo», le dissi. «Sta girando di là sulla macchina rossa. Fa la sirena dei pompieri». Non era vero; non sapevo neanche dove fosse.

«Madò, non vedo l'ora che nasce Nicola! Non vedo l'ora! Non vedo l'ora!».

Nicola era il cuginetto che doveva nascerle ad aprile. Il terzo figlio di suo zio, che ne aveva già due, di undici e di sette anni, dal precedente matrimonio. Faceva il commesso in centro a Roma e aveva le espressioni untuose e i sorrisi impostati, ma rimaneva fedele ai canoni della periferia per cui dovevi sempre avere un matrimonio vecchio alle spalle e una convivenza nuova in piedi, con figli misti.

«So già che quando me lo mettono in braccio impazzisco… Ma non glieli tagliate mica a Matteo quei riccioli meravigliosi che c'ha?».

«No, no. La mamma glieli ha solo accorciati un pochino».

«Noo!».

«Gli arrivavano sugli occhi che neanche ci vedeva».

«Peccato però... Vorrei averli io quei capelli stupendi! E così come sta? Mandami una foto».

Obbedii. Andai di là. Cercai Matteo, che era nella stanza dei giochi con Giulio, e mi fece il suo sorriso di occhi grandi sempre un po' stupefatti. Lo misi sulla macchina rossa. Gli scattai una decina di foto. Gli feci una carezza sulle guance e lui era già impegnato a fare il rumore del motore, tutto contento.

Mandai a Emma la foto venuta meglio.

Mi rispose subito con tre faccine con gli occhi a cuore.

Mi addormentai bene, come prima della prima discesa a Roma. Appena sveglio, scelsi il cuore più raggiante da inviarle su WhatsApp.

Lo visualizzò senza rispondere.

Tutte le volte che mi collegai, c'erano solo quelle due spunte blu che mi grattavano dentro. Finché di sera il cellulare mi vibrò in tasca.

«Non me la sento».

«Scusami».

«Lasciamo le cose così come sono».

«È meglio per tutti e due».

Aveva ricominciato la sua eterna danza medievale. Un tira-e-molla che durò non so quanto. Un giorno era sì, un giorno era no. Un giorno era no e l'altro era sì.

Creammo dei gruppi su WhatsApp in cui si discuteva, con Samantha e Regina. Io e Samantha eravamo la pubblica accusa, Regina l'avvocato difensore.

«Non è colpa sua se fa così. Vorrei vedere voi al suo posto, con la sua situazione».

«È meglio se non parlo, Reggi'», scriveva Samantha.

«Al di là della sua situazione, voglio capire cosa le passa per la testa».

«Di' quello che devi di', Sama'. Siamo qui per questo».

«Alessa', lo so. Non è facile per nessuno. Neanche per me che le sto vicino».

Mi capitò di discutere a lungo al telefono anche con lei, con Regina.

Ascoltò tutta la mia versione dei fatti, senza interrompere. Poi, con aria compassata, mi disse: «Guarda che anche per me tu ti sei comportato benissimo. Però mo' è finita, Alessa'. Lascia perdere».

Invece scrissi a Emma che volevo parlarle faccia a faccia. Inasprii i toni. La minacciai. Quasi subito vidi il numero di Regina sul display.

«Ma allora che abbiamo parlato a fa'?», sibila.

«Non mi pare di essere tenuto a obbedire a nessuno».

«Non è questione di obbedire. Ma di comportarsi da persone mature».

«Senti chi mi parla di maturità...».

Ridacchio.

«Ne abbiamo già parlato, no? Del perché è stata confusa».

«Non vedo perché io e lei non ne possiamo parlare di persona».

«Perché non vuole! Ti ha scritto chiaramente che non vuole, no? E tu invece continui a tormentarla».

«Io non tormento nessuno. E a te che te ne frega, poi?».

«Mi frega perché sono sua amica e mi dispiace se ci sta male».

«Certo che se continui così ha fatto bene a piantarti», aggiunge poi. «O la smetti una volta per tutte o mando i tuoi messaggi a suo papà. E poi vediamo».

«E fallo! Fallo!», ringhio, prima di sbatterle giù in faccia il telefono.

Ansimavo di rabbia.

La lucidità che avevo ormai perso e mi prendeva in giro, quando aprivo la finestra della camera, spezzandosi in polvere bianca sull'acqua dell'Adige, la sensatezza cui non sapevo costringermi per farmi andare decentemente le giornate, la ritrovavo solo in una direzione. Tutta la mia volontà voleva trovare il modo per ronzare intorno a Emma. Ero un genio, lì. Dovevano affidarmi la guida del CERN. Avremmo scoperto come imbottigliarla, l'antimateria.

Se ci ripenso, non so neanch'io come abbiano fatto a venirmi in mente certe cose.

Avevo gli occhi rivolti al bel monitor largo del Mac, alle figurine che ci si muovevano dentro. In realtà assistevo allo spettacolo, a suo modo affascinante, del dolore.

Aveva proprio mille facce. A volte era un polpastrello angelico di violenza che mi accarezzava dentro le braccia. A volte avrei voluto appallottolarmi e sparire un pezzo dentro l'altro. A volte era come un dimenticarsi via. Come un «ops, ho sbagliato», su cui la tastiera s'inchioda. A volte c'entrava con il respiro, che diventava un compito che bisognava costringersi a svolgere. Ma il sentimento più forte era quello di essere al passato.

Difficile da spiegare.

Mi guardavo come da fuori di me, come se fossi stato l'ancora di salvataggio piantata nel futuro, quello che ce l'aveva fatta e vedeva quell'altro che soffriva come un cane, che quindi era il passato. Solo così potevo sopportare un male dentro che implodeva sempre più; solo pensandolo già trascorso anche mentre c'era, sputando fuori i miei occhi dell'anima come il cetriolo di mare braccato dal predatore sputa fuori i suoi organi per potercisi poi ricostituire intorno nuovo e uguale.

Progettavo continuamente fughe – e stavo fermo sulla sedia, davanti al computer dove tutti hanno qualcosa da dirti, gli youtuber, i compagni vecchi di scuola, quelli nuovi con cui non si parla mai.

E avrei voluto solo veder comparire quel nome sul display del cellulare. Invece, che mi incazzassi o che mi inventassi qualche nuova gentilezza, niente. Maledizione. Niente. Aveva chiuso il mondo nel suo zainetto rosa fluo e se n'era andata tranquillamente via.

A volte ero bravo e tutto andava quasi bene per otto, nove ore, sembrava perso anche il ricordo di Emma e giustamente ero solo arrabbiato con lei e poi, dopo cena, l'onda arrivava con cento volte la potenza con cui si era ritirata. Solo perché Emma non era l'unica a tradire a graffiare a tacere; tutti tradivano e graffiavano e tacevano, tutti quelli che non ti permettevano di ribaltare il foglio e di stampare dall'altra parte il pezzo di sagoma che ti completa. Tutti quei farabutti che ti lasciavano andare in giro come il visconte dimezzato senza scomporsi e non ti invitavano da nessuna parte a sciare o a mangiare o a pattinare, e non ti cercavano al telefono, e non ti capivano se sbagliavi, e non ti offrivano un pezzo del loro ossigeno da mordere visto che non avevi la merenda.

Alla fine, in quelle settimane disperate, vedevo solo Eleonora. La andavo a prendere fuori da scuola e poi le raccontavo i nuovi sviluppi. Era l'unica con cui riuscissi davvero a parlare e lei la sa praticamente tutta, questa storia, a parte il gran finale, perché lì ero già via da Verona e quando non si è vicini ci si perde. Con lei in particolare. Più che un'amicizia, la nostra era un'abitudine. La nostra amicizia cominciava alle quindici dei giorni feriali e finiva alle quindici e trenta degli stessi. Non è neanche poco.

Per fortuna il momento in cui anche le invincibili streghe delle fiabe inciampano nel loro scivoloso mantello nero viene. Viene sempre.

«Scusa… ho visto solo ora il messaggio. Chi sei?».

Nemmeno ci credevo che fosse così facile. È vero, avevo aspettato giorni e giorni, ma c'era cascata, la potente Emma del meridione romano, Emma che faceva volare gli aerei aprendo le sue mani morbide.

Aveva risposto all'account di Giovanni De Carmine.

Ora si trattava solo di prendere una buona rincorsa.

14

Niente a che vedere con l'amore folle dell'estate, ma anche l'inizio della primavera per me è sempre stato un evento, una piccola festa personale. Per colpa di Emma, invece, il 21 marzo restò solo un tatuaggio a penna sul diario, sul giornale, sulla barra delle applicazioni del Mac. Il tempo era immobile e l'inverno mi sembrava eterno, una glaciazione che sarebbe arrivata a prendersi il brodo caldo dell'Adriatico, le piscine dei parchi acquatici, le onde elettriche del lago. Invece era solo di qualche giorno in ritardo, la primavera. Il 24 marzo arrivò carica dei batuffoli dei fiori di mimosa di un giardino che era il capolinea dei miei giri a vuoto. 24 marzo: quando Giovanni De Carmine risorse dalle ceneri del defunto Alessandro. Arrivò al galoppo, la primavera, perché quella stessa Emma che non si sentiva mai a Giovanni De Carmine scriveva in continuazione, rispondeva come un fulmine. Lo conosceva da un giorno e già gli aveva chiesto se potevano vedersi. Niente mal di testa, niente mamma e papà, niente compiti da fare.

Io sì che ero pieno di compiti: ascoltare tutti gli audio in russo che trovavo su Youtube. Almeno con quell'obiettivo riuscivo a fare in modo che le ore si dessero la manina per arrivare fino a sera.

Da Instagram eravamo già passati a WhatsApp.

«Latte o fondente?».

«Latte».

«Granita o gielato?».

«Gelato.

Senza la i».

«Scusami!

Ogni tanto mi scappa ancora!».

«Figurati».

Di tanto in tanto seminavo un erroraccio per rinforzare la faccenda dell'ascendenza russa.

«La prossima?».

«Estate o inverno?».

«Inverno».

«Ma dai!».

Mi ero imparato tutti i suoi gusti.

«Anche tu!».

«Non ho mai trovato nessuno che ama l'inverno!».

Quella non era una vera bugia. In un certo senso la cosa delle giornate che si espandevano nel buio e diventavano notti prima del tempo aveva un certo fascino su di me, anche se in quel momento avevo troppo freddo, troppo nero dentro per permettermi altro buio in più senza sentirmi morto.

«Me l'à passato mia madre». Faccina che fa l'occhiolino.

«Allora siamo uguali uguali!».

Faccina che fa l'occhiolino. «Due gemmelli».

«No, dai, gemelli no!». Faccina che ride.

«Cugini?».

«Cugini».

Inventai che vivevo a Roma. Che avevo diciassette anni e facevo l'ITE.

«Mi piace parlare con te». Faccina sorridente. «Mi sento a casa».

«Anche se vengo da lontano?».

«Cosa c'entra… Le distanze non mi fanno paura».

Eh, già, piccola strega.

«Se ti faccio una domanda mi rispondi sincieramente?».

Subito il brillare della notifica.

«Guarda che io sono sempre sincera».

«Sicura?». Faccina con gli occhiali da sole. Se avesse visto attraverso il vetro del cellulare, avrebbe trovato quelli dei mafiosi che tiravano teste di cavallo nelle ville.

«Sicura.

Cmq sì, chiedimi».

«Ok».

«Ok. Allora?».

«Sei fidanzata?».

Emma sta scrivendo.

Emma non scrive.

Compare una faccina con gli occhi bassi.

Il cuore cominciava a pulsare mentre Giovanni faceva correre il pollice tra tutto quel giallo e trovava l'emoticon giusto, quello con gli occhi sbarrati.

«Brutte storie?».

Emma scriveva più lenta.

«Mh-mh».

«Mi spiace».

Altra faccina con gli occhi bassi. «Preferisco non parlarne scusami».

Pollice in su.

Altri secondi di silenzio. Ricominciavo a sentirmi Alessandro.

«Sono stata tanto male».

Emma sta scrivendo.

Emma non scrive niente.

Emma sta scrivendo di nuovo.

«Cmq se vuoi dirmi qualcosa sai che sono qui».

Ho sempre avuto un problema con la pazienza.

«Grazie». Cuoricino.

Di nuovo silenzio.

Emma sta scrivendo.

Emma scrive.

Ormai visualizzo con la colonna sonora dei miei battiti alterati.

«L'ultimo con cui sono stata mi diceva che ero brutta». Due faccine con gli occhi bassi. «Sono stata tanto male».

Faccina mia da spettro. E veramente sentirle dire una mostruosità del genere mi faceva paura.

Adesso Emma scriveva prima di Giovanni.

«Vuoi vedere una cosa?».

«Sì».

«Però devi farmi una promessa».

Pollice in su.

«Che non lo dici a nessuno».

«Va bene».

«È una cosa tra me e te. Ok?».

Giovanni aveva ricevuto una foto e Alessandro premeva cinquanta volta sulla ics del caricamento che non ingranava. Finché la nebbia della bassa definizione si era diradata.

La parte più bianca dei polsi di Emma con due righe di sangue con le bollicine. Sembravano le foto che stavano facendo il giro del mondo, di quelli del Blue Whale.

«Sei tu?».

«Sì».

«C'ho ancora le cicatrici di quando mi tagliavo per colpa sua».

Ormai non mi venivano più le parole.

Tre faccine da spettro.

L'unica cosa che riuscivo a pensare è che ci avevo leccato il gelato su quei polsi, quella volta che Emma si era impiastricciata con le tre palline troppo sciolte sul cono.

Cominciavo a pensare, o sperare, che fosse talmente bugiarda da essersi inventata un nuovo fidanzato in più.

«Si chiamava Alessandro».

Ogni tanto WhatsApp sembrava leggerti nel pensiero.

«Ma per caso», balbettai, incasinandomi con il tastierino, «stavi con Alessandro Valenti?».

«Come fai a saperlo?».

«Ale è un grandissimo amico mio».

Faccina sua che strabuzza gli occhi.

«Guarda che però non devi mai dirgli che ci stiamo scrivendo», insistetti. A quel punto l'aquilone aveva agganciato il vento. «Tu non sai veramente chi è Alessandro… Pure io che sono suo amico ci ho paura».

«Di Alessandro?».

Lo vidi a distanza di seicento chilometri il ghignetto che faceva. Lo vidi e, be', a quel punto se l'era cercata. Mi sfrenai. Mi inventai di tutto, ma proprio di tutto. Dissi che Alessandro era ricco sfondato, che i soldi non erano solo della famiglia sua, che se li pigliava anche lui con un traffico di droga. Che era in mezzo a storie di mafia. Di tutto. Dissi che quelle cose le sapevo solo io e lei non doveva mai dirle a nessuno, sennò…

Dove finivano i miei sproloqui cominciava un camposanto di faccine atterrite.

Appiccicai sul bel muso di Alessandro una maschera di crudeltà spietata, di intrigo inquietante, di immoralità quasi lugubre. Tutti i soldi che avevo dato al botteghino dei multisala cominciavano ad avere un senso. Mi inventai storie che sembravano sceneggiature e lei beveva tutto.

Intanto mi stava montando dalla pancia un'idea pazzesca. Che con quella scusa di Giovanni De Carmine forse potevo andare oltre l'«hai visto come ti ho presa per il culo?». Che potevo spingermi fino a rivederla...

Alessandro Alessandro Alessandro. Alessandro che mandava i suoi scagnozzi a tagliare la gola a quelli che tradivano. Alessandro che aveva una derringer d'oro massiccio. Alessandro che comandava tra Verona e Napoli.

Aleggiava questa figura inquietante ed Emma era un po' scema a credere a tante fregnacce che le raccontavo, ma ero pure bravo io. Così bravo che a un certo punto arrivai al capolavoro. Un telefonino in una mano, uno nell'altra. Chattavo contemporaneamente con lei come Alessandro e come Giovanni.

«Buongiorno principesa», scriveva Giovanni, zuccheroso e falso e convenzionale, un genio del self-marketing.

«Buongiorno», rispondeva lei, aggiungendoci un cuoricino.

«Non mi hai ancora risposto», si intrometteva Alessandro.

«Stanotte credo di averti sognato», rispondeva lei, a Giovanni.

«Brava... e dove eravamo?».

«Un posto strano. Un misto di Ostia e uno di quei quartieri di Palermo che mi hai raccontato».

«Che sucedeva? Dimmi».

«Allora?», incalzava Alessandro, che era rimasto senza risposta.

Emma aspettava per riscrivere a Giovanni.

«Tutto bene piccola?».

«Sì. Insomma. Sta continuando a scrivermi».

«Sempre lui?».

«Alessandro. Sì».

Seleziono una faccina degna del personaggio che sto ricamando.

«Cosa devo fare secondo te Giova'?».

«Rispondi. Melio non farlo incazzare a quello».

Emma si metteva a digitare, finché ad Alessandro arrivava una risposta del cavolo, ma pur sempre urbana e ben articolata.

Piano piano ero riuscito a farle venire una paura matta di Alessandro. Un giorno, tra una cosa e l'altra, mi chiese al telefonino numero uno: «Ma tu cos'è che fai dopo la scuola?».

Era un braccio di ferro all'ultimo respiro tra la paura e la zoccolaggine. Vinse la zoccolaggine. Appena Giovanni le chiese di mettersi con lui, Emma accettò subito.

«Sì!!!!!!!», scrisse, con una collezione di emoticon che mandavano bacetti.

Come aveva fatto con Alessandro. Era una tipa dal grilletto facile.

«Sta' attenta», le scrisse Giovanni, «a Ale devi dire che ci siamo conosciuti ma asolutamente non che stiamo insieme. Ai capito?».

«Ok».

«Che domande sono, cosa faccio dopo la scuola? Tu invece?».

Il capolavoro erano i vocali che le mandavo come Giovanni. Avevo imparato ad alterare la voce, parlavo come una specie di robot assassino, ma lei impazziva. Era così eccitata che si dimenticò pure di non dire niente ad Alessandro e mi scrisse che si era messa con uno.

Feci finta di incazzarmi a morte.

«Vai a pigliare per il culo qualcun altro, va'!».

«Pensavo che la sincerità l'apprezzassi...».

Dopo una mezz'ora, Giovanni: «Ma hai detto qualcosa ad Alessandro?».

Alessandro che, intanto, invece di andare ai corsi di recupero per i quattro che si era preso in pagella, chattava in sicilrusso.

Eccolo, Giovanni De Carmine di madre russa e patri siciliano. È con la nuca schiacciata sul sedile del Frecciarossa. Non può neanche pensare a come lo ha guardato sua madre salutandolo. Non sa se vuol farle pagare le eterne malinconie che ha patito fin da piccolo e lo costringevano a fare il babbeone per non pensarci, se la colpa è tutta di lei che lo ha fregato mettendolo al mondo senza paracadute, se vorrebbe farsi abbracciare come quando gli faceva passare il mal di testa appoggiandoselo a dormire sulla spalla, se vorrebbe non tornare più, se vorrebbe tempestarsi di pugni quella faccia da guappo che si è costruito. Vorrebbe scappare, questo sì, continuare a scappare, di treno in treno, di regione in regione, e non sa tutti quelli che si radicano in qualche modo come fanno a costruire le loro case e le loro carriere e le loro famiglie sulle acque nere del dolore. Quelle acque che gli fanno bruciare gli occhi e le mani e così si pianta gli auricolari negli orecchi e ascolta musica di continuo. «Brucia la terra e brucia lu me core...». Così almeno non sente la vocetta da maialino strozzato del bimbominkia che piagnucola perché in galleria gli si tappano le orecchie. Così non è costretto a ricordarsi che si sta rovinando la salute oltre che l'anno scolastico con tutto quel non dormire per non farsi fottere via la vita anche dal sonno.

Ha una botta di dolore dentro, anche se il treno ha passato il Po e sta correndo verso l'Italia del magna' e beve, degli stornelli senza pensieri. Conta che gli occhiali oversize bastino a nasconderlo. Prende il cellulare e si guarda per vedere se il travestimento funziona. A Emma ha detto che lui e Alessandro si somigliano tantissimo, per quello sono amici. C'è da sperare nel collanone d'oro, nei capelli con la cresta girata, nell'orecchino magnetico, che però continua a cadergli, nella camminata a gambe larghe che ha ormai soppiantato la sua naturale, nelle scarpe grosse in cui i suoi piedi nuotano, nella maglia con i buchi fatti ad arte, nella bomba di ambra del deodorante. Il giorno prima è riuscito a farsi accompagnare dalla zia nell'emporio dei cinesi, vicino all'imboccatura dell'autostrada: chilometri di contraffazione e puzze chimiche da restarci secchi, mamme con gli occhi a mandorla che allattano bimbi con gli occhi a mandorla in mezzo a un tanfo di smalto che ti fa lacrimare. Tra le confezioni di profumi "Dolce &Gabbiani", "Alieno", "Gogo Madamoiselle", "Opiom" e le scatole piene di braccialetti e collane finto Swarovski, aveva detto che gli serviva una parrucca per un video che dovevano girare lui e i suoi compagni di classe. Alla fine non l'ha neanche trovata.

Si guarda di nuovo nel rettangolo del cellulare che gli deforma il naso e gli rimpicciolisce gli occhi. Si allena a fare lo sguardo sempre più appuntito.

Due tasche, due strade. In una ci sono gli anelli che Alessandro aveva messo via per regalarli a Emma. Al telefono Giovanni li ha presentati come preziosissima merce di contrabbando, perché con Emma bisogna sempre fare un po' i "cattivi ragazzi". E infatti nell'altra tasca c'è il coltello dei russi, con la lama che fa sanguinare il polpastrello solo a sfiorarla. È un gioco che ha già fatto più volte. Sui pantaloni si vede una piccola cometa di sangue.

Incredibile, quando cominci a incasinarti la vita, poi ci pensa lei a farti diventare le giornate un arabesco che neanche a Marrakech. Nelle due tasche, due strade – e pure due identità: i cellulari con cui scrivevo praticamente in contemporanea «Stò arrivando», e «Sono in montagna e mi sto divertendo un casino». Ormai era diventato un gioco.

I primi problemi veri cominciarono appena salito sul regionale per Ciampino. Il Frecciarossa non c'era una volta che non avesse fatto ritardo e quel giorno erano venticinque minuti e io ero nervosissimo pure per il fatto che la Terra galleggiasse in un universo troppo scuro e quindi, appena arrivato, l'unico pensiero che avevo era quello di fumare e fumare e fumare. Non di infilare il biglietto in bocca alle macchinette con la fila davanti. Fumare e fumare e fumare – una sigaretta dietro l'altra e poi sul treno, con un'aura di fumo addosso che potevo continuare a espirare e inspirare nella mezz'ora successiva. A interrompere la mia meditazione arrivò il controllore.

Beccò due turisti inglesi che non avevano il biglietto a posto e immediata scattò la multa. Mi venne una botta di caldo. Cominciai a raspare nelle tasche. Tutto quello che avevo era il resto di dieci euro. Il controllore pinzò un'altra manciata di biglietti e poi mi venne davanti. Ero ancora impegnato a raspare mentre lui mi guardava con placida fretta, in piedi tra le due colonne di sedili. Arpionai lo zaino da sotto il mio posto e feci una centrifuga con la mano di tutto quello che avevo dentro. Niente. Alla fine dovetti decidermi a tirare fuori il biglietto.

«Non è timbrato», fece lui, risollevando gli occhi su di me.

«Sì, purtroppo», risposi. «L'altro treno ha fatto ritardo e... Posso andare giù adesso e timbrarlo?».

Mi sparò uno sguardo di rabbia annoiata. Alzò le sopracciglia segnando la fronte di grosse rughe. Scosse la testa.

«Devi darmi la carta d'identità».

Feci un'altra centrifuga con la mano nello zaino.

«'Azz...», biascicai. «Purtroppo ce l'ho nell'altro portafogli...».

Mi guardò con paterna esasperazione.

«Ma come si fa a viaggiare senza carta d'identità?».

«Ha ragione», ammisi io, docile docile, gentile gentile, bravo ragazzo bravo ragazzo.

Niente. Prese la lapide del tablet per incidere i miei dati.

«Nome?».

«Alessandro».

«Cognome…».

«Valenti».

«Data di nascita…».

«18/11/2001».

Si fermò e mi squadrò come facevano tutti quelli cui dicevo l'età. Non ce n'era uno che non mi desse più anni. Mi passò uno sguardo sulle guance senza barba e forse lì smise di avere strani sospetti.

«Residenza…».

«Verona».

Si fermò di nuovo.

«Ma, scusa, che ci vai a fare te a Ciampino?».

«Vado dalla mia ragazza», dissi con tutto l'amore cui facevo la guerra.

L'unica cosa utile che avevo tirato fuori dallo zaino era il pacchetto con gli anelli. Lo alzai nella mano verso di lui.

«Vede? È un regalo per lei».

E lì quel buonuomo, che meriterebbe di diventare ministro per quanto è stato buono, inciampò lungo disteso nella mia triste storia d'amore e fece la cosa che anch'io farei sempre e che nessuno fa. Alla fermata mi portò fuori dalla carrozza. Allungò il braccio e puntò l'indice.

«Vedi qua. La prima no. La seconda no. Sali sulla terza».

Mi sarei inchinato a ringraziarlo tanto gli ho voluto bene, ma avevo paura che non ci fosse tempo e mi misi a correre. No la prima, no la seconda. Piede sul predellino della terza… Lì sentii battere i passi di uno che mi rincorreva. Era sempre lui, il controllore. Si era accorto che mi si era sfilato dalla tasca il regalo e me lo veniva a ridare.

«Sennò cosa le porti alla tua ragazza?», sorrise, con il torace che si gonfiava e sgonfiava sotto la giacca blu.

Avrei voluto attaccarmi al suo braccio, una sigaretta lui una io, e raccontargli tutta la storia, di Giovanni, di Alessandro, ma il treno non stava certo ad aspettare noi. Spero di rivederlo, nei miei giri. Un regalo glielo vorrei tanto fare.

15

Arrivai a Ciampino che ero stanco di adrenalina come se me la fossi fatta tutta a piedi. Il sole stupendo, tiepido, bianco mi faceva chiudere gli occhi dietro quelle lenti a specchio che non valevano niente. Mi sembrava tutto strano. Nuovo e strano. Ma non erano solo le lenti. Di solito c'era sempre Mario ad aspettarmi nel parcheggio con la sua Alfa blu squadrata. Per la prima volta, invece, ero da solo.

Sentii quell'aroma dolcedensoleoso. Su una panchina c'erano dei ragazzi, miei coetanei o poco più vecchi. Si passavano l'ennesima canna della loro vita, quella che ormai l'accendi come una sigaretta normale, senza neanche girarti a guardare di qua e di là. Li sorpassai, entrai nel bar davanti alla stazione per pigliarmi un decaffeinato e ne trovai altri due appesi a un monitor dove roteavano ciliegine facendo casino. Uno si girò a guardarmi senza smettere un attimo di pigiare sui tasti di plastica da cui si aspettava un'esplosione di ricchezza. Moro, capelli ricci; non biondi e lisci come i miei. Magari a Emma sarebbe piaciuto. Magari si conoscevano.

Uscii di nuovo.

Giovanni aveva appuntamento con Emma alle 14,30. Nonostante tutti gli intoppi, erano solo le 14,12.

Rimasi a spiare i ragazzi approfittando delle lenti troppo larghe. Uno rideva ciondolando la testa. Ce l'aveva scolpita dal parrucchiere in tante linee geometriche che si incrociavano sulla nuca. Poi, sotto, una felpa larga con la griffe falsa a pieno petto, i jeans con il cavallo a metà coscia appiccicati a due polpaccetti come grissini. La cassa sulla panchina pompava un rap di Ghali, mentre uno sui venti con la pelle ambrata e gli occhi nerissimi faceva le flessioni per terra battendo le mani. Le vene gli scoppiavano sui bicipiti e correvano sulle spalle fino ai tronchi della giugulare.

14,18.

Ero convinto di conoscere il paese come le mie tasche, e che avrei saputo trovare la casa di Emma in quattro e quattr'otto. Una casa arancione. Imboccai la via che sembrava quella giusta. Ma tutte le case erano arancioni. Svoltai a sinistra. Oh, erano tutte case uguali e tutte arancioni. Eppure le canne non me l'ero fumate io; io avevo in bocca solo un mozzicone innocente di MS.

Case tutte uguali. Vie tutte uguali. Arancione tutto uguale.

Presi il telefonino numero due e le scrissi.

«Ehi… mi dici di preciso la strada?».

«Dove stai?».

Mi incasinai a spiegarmi.

«Fatti un selfie così vedo dove stai».

Mi contorsi per nascondere più faccia che potevo.

Faccine con gli occhi fuori dalle orbite.

«Cazz… però somigli un casino a Alessandro!».

Finsi nonchalance.

«Te lo detto».

Ecco: lì pensai che non mi avrebbe più risposto e che a piedi avrei dovuto pure tornare fino a Verona.

Invece mi mandò una mappa abbastanza precisa per uscire da quel labirinto inventato da un architetto pazzo di razionalità.

Feci gli ultimi metri chiedendomi se Giovanni avrebbe alzato la mano per salutarla, che cos'avrebbe detto di preciso, se le avrebbe dato un bacio sulla guancia, se invece avrebbe aspettato che lo facesse lei. Avevo un'intercapedine di vuoto tra il cervello e il cranio. Poi feci la curva finale. Vidi quella casa arancione e il caleidoscopio diventò tutto di diamanti gialli e arancioni. Mi stavo quasi dimenticando che era una vendetta. Mi sembrava solo una bella gita.

Emma, in mezzo al parco, era una figurina bianca da ritagliare. Seduta sullo schienale di una panchina, con i cordoni del cappuccio della felpa tra il pollice e l'indice della mano sinistra. La testa curva sul cellulare. Che strano che dopo tutti i millenni di dolore che mi erano passati sopra avesse ancora il solito viso da cucciola.

Giovanni Alessandro. Alessandro Giovanni. Giovalessan... Per tutta la prima mezz'ora ci baciammo, ci baciammo e ci baciammo. Lei attaccata al mio collo con la mano dove le brillavano gli anelli nuovi, sempre un po' vampira con quegli incisivetti piccoli. Io che le stringevo con la mano il fianco, per il momento da sopra i vestiti, e sentivo di nuovo quella sua morbidezza, quella dolcezza pronta a farsi portare via. Mi girava la testa in russo, in siciliano, in italiano. I colori di San Basilio, la spuma dei cannoli, il fruscio dell'Adige. La baciavo in italiano, in siciliano, in russo, ed era il giro del mondo senza i chili da non superare nel bagaglio. La stringevo contro di me, carne contro muscolo, muscolo contro osso, spiandola da dietro una fessura di palpebra, se ci cascava e continuava a cascarci. Sì che ci cascava. Alessandro aveva solo sbagliato look. Con Giovanni ci stava.

C'erano le correnti dello stretto di Messina che invadevano la piazza del Cremlino e si tuffavano sotto Ponte Pietra e si rompevano nei rigagnoli trasparenti del fiume dove giocavamo tutto il pomeriggio, io e Giulio, a sbloccare nuove cascate. Le passavo le mani tra i capelli attento a non buttarmici dentro con il naso, perché Emma prendeva sempre in giro Alessandro quando le annusava i capelli. Diceva che le sembrava un cane. Lo avevo anche raccontato a mia madre, visto che con lei lo avevo sempre fatto. Aveva alzato uno sguardo grigio di disprezzo e le era uscito un «povera scema», che mi aveva spinato lo stomaco.

Sentivo i movimenti della schiena di Emma e delle sue costoline tonde sotto le mani e quanto mi sarebbe stato facile stritolarla, ma tutti quei movimenti sinuosi e fragili, che mi tormentavano i polpastrelli come scariche di velluto, mi instupidivano, mi facevano diventare molto più debole di lei e così continuavo ad affondare nelle sue labbra e a succhiarle la lingua. Non c'era tempo per farsi domande e non avrebbero più dovuto esserci domande, solo lingue che si affrettavano a non dire niente. Neanche «Giovanni...». Neanche «Alessandro...». Neanche «Emma...».

Invece quella lingua che sapeva di fragola all'albicocca, di fiordilatte alla nocciola, di Sprite alla crema di whisky, risucchiò al volo tutta la sua morbidezza e ricominciò con le parole. All'inizio erano soffioni di lettere che dovevo pescare con la mano e rimetterle insieme a forza per capirci qualcosa.

«Sei troppo simile ad Alessandro...».

E anche così non capivo.

Aveva sfilato la spalla da sotto la mano che ci avevo appoggiato sopra. Si torturava le pellicine dell'unghia dell'indice. Le strappava, sotto i miei occhi. Voleva allontanarmi facendomi schifo, invece mi teneva incollato alla poltrona di quell'horror interminabile.

«Ci devo pensare...», mormorava, storcendo la bocca.

«Voglio qualcosa di diverso, una vita nuova...».

Giovanni era il giochino ordinato su Amazon e già rotto dopo un'ora. Niente di più.

Pensai che aveva il cuore gelido di suo padre. E così era facile per lei guardare dall'alto in basso Alessandro, Giovanni, tutti quelli che le volevano bene. L'alto suo era la punta dell'iceberg con cui si era scontrato il Titanic – e io non ero il Titanic: ero una bagnarola stanca di tante notti non dormite e di tanti errori che già mi stavano segando le gambe – e lei era imperturbabile, l'unico sentimento la noia, l'unico desiderio i cambiamenti continui. I ricchi vivevano così; li conoscevo bene i miei compagni di scuola, gli straricchi con il Rolex al polso. Se lo facevano rubare senza problemi e poi ne spuntava un altro il giorno dopo. E poi il ricco sarei stato io e non Emma…

Le parole erano impazzite.

Quando te ne sono successe tante e hai addosso la febbre della stanchezza, il viaggio da Roma a Verona mostra il suo lato spaventoso. Respiravo e non sentivo entrarmi dentro niente. L'aria della carrozza era pesantissima, l'ossigeno se l'erano già preso tutto gli altri, mi sentivo dentro il vuoto degli esperimenti. Le porte che non potevano aprirsi. I finestrini sigillati. Le gallerie dove il rumore delle rotaie era una sberla sui timpani. Chilometri di terra buia sopra. Guardavo il cerchio rosso dove si poteva spaccare il vetro in caso di emergenza. Finché non ci pensi, le cose non le vedi per quello che sono, ma se la musica dentro ti finisce… Allora cominci a vedere non le facce, ma i teschi. Teschi che ridono, teschi che si baciano, ossa che si strofinano e cigolano.

Avevo mangiato un'arancia che non riuscivo a digerire. Ero pieno di freddo, il naso e le dita ghiacciati. Teschi passavano e mi guardavano, si scusavano per andare in bagno, sorridevano. Mi misi lo zaino sulla pancia e cercai di rintanarmici sotto per farmi caldo. Adesso viene Firenze – pensavo – a Firenze scendo. Mi chiedevo se fossi stato male come sarebbe andata.

Ma a Firenze non mi mossi. Neanche per fumare. Come facevo a scendere? Non avevo soldi. Già ero scampato a un guaio sul regionale per Ciampino. Il cellulare non aveva più minuti, dopo la telefonata fatta a Emma appena salito.

Restai immobile fino a Bologna. Se stavo fermo, stava ferma anche l'angoscia. Respiravo con disciplina, come se fosse stata una ginnastica. Estraevo il cellulare per spaccare il mondo e poi lo rimettevo in tasca.

Mi dispiaceva per quel ragazzo che ero che dovessi stare così male, che avessi sbagliato tutto, che i miei sbagli recintassero il mondo e che oltre non ci fosse niente. Neanche i mostri marini, il calamaro gigante, i leoni. Niente. Anche per la pietà, come per tutto, bisognava fare da soli.

Appena scesi, per fortuna mi sentii meglio. Appena in tempo per dire «no, grazie» ai quattro che dalla stazione a corso Porta Nuova mi offrirono droga.

Ad Alessandro Emma aveva detto che sì, che se voleva parlarle lo avrebbe anche visto un'ultima volta. Con Giovanni, invece, che le aveva chiesto appunto, svagato, se avrebbe voluto vedere Alessandro, aveva sbuffato con aria da gran dama dell'aristocrazia: «Ma no, non c'ho voglia… è pesante…».

Dare alle parole il senso che avevano voleva dire per lei essere pesanti. La coerenza. Il rispetto. Tutte cose pesanti. La logica. Pesante. La gentilezza. Pesante. L'affetto. L'amore. Pesanti. Finché lo è la storia del Novecento, che pure a me pare un incredibile romanzo, passi. Ma per lei era pesante tutto quello che non erano i suoi capricci. Capirsi. Chiarirsi. Stop: sei pesante.

E anche Giovanni diventò subito pesante. Perché non riusciva a capire, con il suo cervello sfracellato a terra insieme al cuore in una macchia di gelatina tanto era pesante, come si potesse passare da un baciarsi furioso al niente. Al non telefonarsi, al non volersi, al non vedersi.

Mi sentivo tutto pesante. Pesante alzarmi dal letto. Pesanti le voci che mi franavano da destra e da sinistra nel canale delle orecchie. Pesanti lo zaino, i libri. Pesanti i vestiti sporchi buttati a terra, che rimanevano là. Pesante la cartaccia caduta fuori dal cestino, che non mi alzavo a raccogliere.

Diventai uno schifo circondato dallo schifo.

Un morto.

Si ripetevano le azioni. Dormivo poco, mangiavo male, vomitavo. Controllavo se Emma era online, se pubblicava foto, chi le metteva i like. Mi svegliavo con quel pensiero. Non riuscivo a stare tranquillo neanche un minuto. Fu lì che cominciai a girare con due pacchetti di sigarette. Le Winston blu lunghe e le Lucky Strike rosse. Usavo Giovanni, che ormai aveva fallito la sua missione nonostante la collana tamarra e l'orecchino, per parlarle di Alessandro.

«Be'? Dove sei sparita?».

Emma per una settimana aveva bloccato Giovanni.

«Colpa di quel rompipalle di mio padre. T'ho detto che mi controlla il cellulare. Quando vado da lui devo cancellare i messaggi e bloccare le persone. Sai che rottura se scopre poi».

«Ma non puoi dirli di no? O inventarti qualcosa…».

«Già provato purtroppo. Tu non sai com'è lui. L'unico modo per farlo stare buono è questo. Come stai Giova'?».

«Ho paura di Ale».

«Perché? Che t'ha fatto?».

«Ti avevo chiesto una cosa… e te invece…».

La risposta di Emma si faceva attendere.

«Non ti ho chiesto già scusa? Non mi sembrava così grave. Ma tu cos'è che sai di preciso di lui?».

«Mà non so… Non è una persona che si fa vedere subito come è. Ti ho gia detto. Tu lo vedi normalmente calmo calmo. Freddo quasi. Giuri che è buono come un agnello. Però quando li partono i cinque minuti diventa un altra persona. L'ho visto io prendere a pugni un tipo che l'aveva fatto incazzare con la camionetta dei poliziotti che girava. Gli ha sfondato la faccia a sto qua».

«Sul serio?».

«Serio sì. Davanti ai poliziotti. Nel senso che non è che stà li tanto a pensare a fare o non fare una cosa se è convinto. E io adesso non è che stò tanto tranquillo però. Cazzo te l'avevo detto di non dirli niente».

«Mi dispiace… Ma non credevo per così poco… Ma ci hai parlato con lui?».

«Ma che. Meglio di no».

«E perché hai paura allora?».

«Uno mi ha detto che gira con un coltello perché mi vuole taliare la faccia».

Faccina allucinata.

«Per quello mi son comprato anch'io uno. Chi lo sa cosa fa quel pazzo maniaco se si mette in testa una cosa…».

16

È pomeriggio. Giovanni è sul terrazzino a fumare. Più o meno a un quarto di Winston, sente aprirsi la porta. Il nonno di Alessandro. Fosse il nonno suo, lo manderebbe via all'istante. Ma non è il suo, per fortuna. Con gli estranei si impone quel minimo di cortesia.

Giovanni si sposta. Lo lascia appoggiarsi sul parapetto. Il nonno di Alessandro ricorda vagamente il suo, ma è tutto confuso. Fumoso. Triste. Lontano.

Il nonno di Alessandro guarda Giovanni e riesce a non fare quello che non deve fare: scrutarlo, giudicarlo, disapprovarlo. Gli appoggia gli occhi sopra con una specie di cortesia. Giovanni non sente il morso del fastidio.

Il nonno di Alessandro tira fuori una Marlboro dal suo pacchetto rigido. Il nonno di Giovanni se le faceva sempre prendere così – in Russia, o in Sicilia, boh – col pacchetto rigido, perché le teneva sempre nella tasca della giacca e non voleva che si schiacciassero o si spezzassero. Giovanni vede il nonno di Alessandro cercare ancora. L'accendino.

«Dov'è che l'ho messo», dice, continuando a tastare tasca dopo tasca.

Giovanni tira fuori il suo Zippo con il teschio da metallaro. Lo accende. Il nonno di Alessandro ci si piega sopra in un inchino.

Giovanni si gira a guardare le finestre della casetta che c'è dall'altra parte del cortile. La signora che mette sempre gli zoccoli anche d'inverno. Non c'è.

Avrebbe voglia di parlare. Ne ha tantissima. Racconta al nonno di Alessandro dell'esame della Croce Rossa di domenica. La prova pratica. La manovra di Heimlich. Parla come un invasato.

Il nonno di Alessandro gli fa i complimenti, con una sincerità che giuri che è sincera. Dice che lui non ci sarebbe mai riuscito a imparare tante cose in così poco tempo. Gli fa i complimenti per l'intelligenza e la memoria.

Giovanni è contento. Potrebbe accettare perfino che ci fosse lì la mamma. Anzi, quasi quasi sarebbe bello. Ha mesi di parole da dirle. Mesi. Le ridarebbe anche la chiave della stanza dove ha buttato le sue. Le sue parole stupende.

«Dov'è la mamma?», chiede.

«È andata a fare la spesa con Matteo. Sarà uscita mezz'ora fa».

Giovanni prende un'altra sigaretta.

Il nonno ha rughe carnose orizzontali sulla fronte. Tre. Non sono quelle in mezzo agli occhi della grinta e della rabbia. Sono morbide e rassegnate. E piano piano prende per mano Giovanni, stordito dal fumo, e lo appoggia sulla prima ruga. Lì c'è il papà morto giovane con un cancro che lo aveva sfigurato. C'è la mamma morta della sua morte, mite, stretta nei suoi vestiti, con due figli nati a tredici mesi l'uno dall'altro da portare un po' più in là degli undici e dei dieci anni che hanno. E tante cose che non è facile dirle, perché ha ragione il nonno a parlare e non parlare. Ha ragione a dare a Giovanni una lezioncina preziosa sul dolore.

Lui si butta invece sul modello standard di conversazione. La Lazio che ormai quale scudetto, quale? Con la Juve che domenica per domenica il risultato è sempre quello e non ha neanche più senso scommettere.

Ma il nonno di Alessandro prende la palla al balzo.

«Con la ragazza di Roma a proposito?».

Giovanni non risponde. Prova a fermare la tristezza masticandola nella mandibola. Prova a stringere gli occhi, ma c'è quel caldo che gli esce da dentro che in un attimo forza le palpebre. Gli viene da piangere, sì. Prova ancora a fare qualche smorfia, ma il nonno gli ha già appoggiato la mano sulla spalla.

«Guarda che anche se pensi che io sia vecchio non è che non capisca, sai».

Gli occhi mi si velano. Il fatto che qualcuno mi abbia scoperto è ancora peggio. Mi sento invaso. La fatica per non piangere mi fa bruciare la gola.

«Guarda che le so anch'io certe cose».

Continuo a evitare di guardarlo. E per un attimo lo detesto, per come si è infilato come un ago sotto la mia maschera, per come ha superato Giovanni fino ad arrivare ad Alessandro.

«Hm», dico, soffiando il fumo.

«Anch'io all'età tua avevo una ragazza», continua, con gli occhi azzurri liquidi, aperti. Continuo a seguirlo con una curiosità debole, come quella dei malati di cancro per le notizie del giorno.

«Ci volevamo veramente bene. La portavo in vespino, andavamo a suonare la chitarra con gli amici. Andavamo in camporella...».

Sogghigno, ma solo così, per un fiotto di cortesia.

«Poi lei si trasferisce in Liguria, a Sanremo. Mi promette che mi scriverà una lettera alla settimana e mi aspetterà. I primi mesi ci siamo scritti due lettere alla settimana. Poi, al primo stipendio dell'estate, corro a prendere il biglietto del treno. Mi riempio la mano di gettoni e vado al bar a chiamarla. Felicissimo».

Alzo gli occhi su di lui. Ho la stessa sensazione di quando al cinema parte quella certa musica e tu non sai come ma senti già che andrà a finire male.

«Era un'altra. Per i primi minuti praticamente ho parlato solo io. Poi a un certo punto mi dice che sono cambiate tante cose. Che c'era una persona. Un certo… Beniamino. Pensa», scuote la testa, «mi ricordo ancora il nome».

«Ecco perché odi tanto i telefoni».

Sorride.

«Ma la vita è davvero strana. Non sai mai dove ti vuole portare. Pensa chi era la figlia del proprietario del bar dove sono andato a telefonare. Sì, tua nonna. Come vedi… Non puoi mai sapere. Quello che mi ha impoverito mi ha anche arricchito».

Ma io continuavo. Non avevo l'interruttore.

«Lo distruggo. L'ammazzo».

Un colpo di polpastrello e il messaggio già disegnava una finestra sul telefonino di Emma e io mi sentivo succhiare via un po' di esasperazione per qualche minuto, o forse un'ora, di sollievo… «lo» era Giovanni, chiaramente.

Lei si precipitava a scrivermi sul telefonino numero due.

«M'ha scritto mo'. Dice che ti distrugge. C'ho paura Giova'».

«Te lo avevo detto di non farti capire cazzo», digitava Giovanni.

«Scusa scusa scusa. Mi scusi?».

«Eh».

«E mo' che fai?».

«E bò. Intanto vado a Catania e li ci ho chi mi protege».

Si stavano avvicinando le vacanze di Pasqua. Almeno mi avrebbero portato via dal girogirotondo intorno all'Adige con le infiorescenze degli alberi che mi sbattevano sul ciuffo e mi buttavano negli occhi farina gialla. A lei avevo detto che Giovanni sarebbe partito per la Sicilia. L'unica cosa vera, invece, era che me ne sarei andato per cinque giorni a Benevento da mio padre. Una buona scusa per tornare in stazione, aspettare un treno, scendere a Roma Termini a fumare. Ecco, la vera cosa che mi attirava di quel viaggio è che fino a Roma coincideva perfettamente con il viaggio che avrei voluto fare.

Quando fui a Termini, mi feci un selfie tra i turisti dei quattro angoli del mondo.

«Sono qui», scrissi.

Cinque minuti dopo, il telefonino numero due pulsò.

«Ti sta venendo a cercare. Sta attento ti prego!!!!».

Non che tutte queste premure che aveva nei confronti di Giovanni si fossero tradotte in un reale affetto. Macché. Diceva che non riusciva a dormire per l'angoscia, e poi per il resto continuava a trattarlo male come prima.

Pazza.

Era proprio pazza.

La prima cosa che feci, appena arrivato a Benevento, fu fotografare gli angoli più lussuosi del palazzo dove c'è l'appartamento di mio padre e mandare le foto di Alessandro a lei e ai suoi. Taglia di qua, aggiusta di là, ero riuscito a ricreare un'impressione di reggia. Quella che si tradì fu sua madre. «Magari ti veniamo a trovare...», mi scrisse subito, golosa.

E forse, ecco, non ero partito tanto per mimare il viaggio fino a Roma: ero partito per avere cose nuove da fotografare, scenari nuovi da recapitare a una che in teoria avrebbe dovuto vergognarsi di avere una vita così minima, sempre là, sotto gli aerei che andavano dall'Equatore al Polo, nella sua cameretta mignon, se non fosse che mi ero perso nell'infinito della sua pazzia.

A me cambiare casa cambia perfino i gusti alimentari. A Verona non mi passa neanche per la testa di fare colazione, ma a Benevento è fantastico andare al bar, con la Margherita che, mentre ti prepara un decaffeinato liquoroso tanto è ristretto, ti avviluppa nelle chiacchiere come se foste parenti e ti posa nel tovagliolo una zeppola profumata con sopra lo zucchero che scintilla.

Il sud. Non so se sono particolare io, ma per me è sempre stato una droga. Fin da quando ci ho messo piede per la prima volta, nell'estate della quarta elementare. Tutto quello che su era rigido e freddo, giù era morbido e caldo. Tutto quello che su era silenzio e distacco, giù era coro e festa. Per me bambino, al sud si viveva, al nord si aspettava il momento in cui si sarebbe scesi al sud. A farsi abbracciare, acclamare, affondare in un barattolo di Nutella. «Quanto sei bello!». «Quanto sei grande!». E carezze. E baci. E donne con gli occhi scuri abbaglianti e le braccia morbidissime. E uomini che ti trattavano come il fratello dei loro figli. E ragazzi che non ti snobbavano mai e ti portavano a vedere le partite di calcio e di basket. E la mattina a casa di un parente, non importa se di terzo, quarto, quinto grado, e il pomeriggio a casa di un altro. E la Costiera Amalfitana, se per caso sbagliavi strada e ti allungavi un po'.

Poi, non so, come tutte le droghe avrà i suoi effetti collaterali, ma bisogna provare prima di giudicare.

Per colpa di Emma, però, ero diffidente. Non volevo quasi andarci. Non mi interessava. Mi faceva perfino paura. Mi dava fastidio pensare che avrebbe potuto consolarmi.

Invece qualcosa successe.

Ricominciai ad andare in giro in mezzo a persone vere e non più a bozzetti di persone. Prima i vicini di casa: l'avvocato Giannini, che mi regalò un cofanetto di cd di musica tradizionale napoletana, Rollo, l'assicuratore. Poi gli zii, i cugini, i biscugini, i triscugini, gli amici di famiglia. Lì a Benevento, nei dintorni. Mangiai zeppole, pastiere, scialatielli, friggitielli, tartufi neri, lardo freschissimo appeso a un vulcanetto per farlo liquefare, soppressata, caciocavallo, coppa, capocollo, cavatielli c'a pummarola, babà fatti in casa che stingevano rum a cascate.

Al mattino mi piantavo davanti allo specchio grande del bagno e mi pettinavo i capelli tutti all'indietro e poi pescavo dalla valigia una camicia croccante e profumata di lavanda e indossavo la giacca nera e l'aggiustavo tirandola per il bavero. Pantaloni beige. Nike dorate nuove. Sigari Vasco da Gama nella tasca interna della giacca per il dopo pranzo. Ah…

Le tre stanze del terzo piano tutte per me. Con le stampe settecentesche alle pareti, i tagliacarte d'argento e d'osso, il posacenere pesante di cristallo, i volumoni di legge del quadrisnonno: tutto il "tesoro" di famiglia, che poi si esauriva in una patina di porporina, a tenermi severa compagnia. Mi sentivo fuori dal tempo. Da dietro il tendone pesante color rubino che divideva in due la stanza, mi sembrava potesse uscirsene minimo minimo Burt Lancaster vestito da Gattopardo. Intanto, però, dormivo su una branda dove ci stavo appena. Il superfluo di quella collezione sproporzionata di ricordi andava a discapito del necessario. Il bagno aveva solo i sanitari. La cucina era una L da monolocale. Ma quasi mi piaceva, la carezza dell'assurdo. Era intonata a me.

Non che stessi guarendo. No. I telefonini ce li avevo sempre in mano. Ma lì a Benevento mi sentivo abbracciato da mille braccia e stavo meglio. Fu davvero una vacanza.

Allucinante il ritorno a Verona. Ovviamente non avevo fatto neanche un compito. Mi presi in giro dicendomi che sarei entrato un'ora dopo e li avrei fatti tutti al mattino. Appena aprii il diario, mi venne un surplus di nausea. Non ce la facevo neanche se mi pagavano. Tutte le energie erano benzina per scappare e non ne rimaneva un grammo per le scemenze della scuola. Mi incazzai io prima che s'incazzassero i professori e l'unica cosa che feci fu strappare quella pagina del diario e scendere a fumare una sigaretta. Di entrare un'ora dopo non se ne parlava. Presi lo zaino mezzo pieno e mezzo vuoto e cominciai un'odissea dalle parti di San Zeno, che gliela facevo passare io la voglia di ridere. Mi dava fastidio tutto. Parlare con i miei, dormire di nuovo con Giulio, dividere lo spazio e il tempo con qualcun altro, sentir parlare di doveri, incrociare in giro gente che non mi badava e indovinare quell'inflessione veneta tra il bonario e il dimesso.

Non c'era mondo al di sopra del Tevere.

17

A volte non c'è merito e neanche demerito; c'è solo disperazione che non riesci più a contenere e quello che non piangi tu lo piange chi ti sta vicino. Anche se in questa foto non si vede. Sguardo altezzoso, faccia sfilata, cresta a pettine, sigaretta sospesa tra le dita, anello con il teschio di acciaio sull'indice, la tazzina del caffè appena bevuto con la scia dei granellini neri. Giacca nera, camicia bianca.

Mi ricordo che per questa foto pure Emma mi fece i complimenti.

È dietro la cosiddetta macchina da presa il problema. Mia madre che succhia via le lacrime e si stringe dentro le lenti azzurrognole dei suoi occhiali da sole. Con il tondo del pancione fasciato da una maglia blu. Con i capelli biondi morbidi che le sbattono sulle guance per il vento e un po' si appiccicano sulle guance. Con tutto quello che ha fatto sempre per me, non lo merita proprio questo figlio spinato…

Accanto alla mia sedia c'è il trolley monumentale color mattone con tutto quello che serve per ingoiare i primi quindici anni di una vita. Tutte le felpe tranne una, tre paia di scarpe, camicie, pantaloni eleganti, jeans, pantaloncini corti, mutande, calzini di ogni colore e misura, giacche di varia pesantezza. Non finivo più di prepararla. Quel vuoto enorme mi attirava. Se mi fossi sporto appena di più… Era quei canali che ti sogni nelle notti in cui stai male, con le acque dense senza fine che corrono, muri di acque pronti a soffocarti. Piano piano sparivo, calzino dopo calzino, maglietta dopo maglietta, come in quei sogni in cui senti male sotto le costole perché hai già perso le gambe e le braccia e la dissolvenza prosegue puntando al centro.

Allora non mi ero mica reso conto di quanto fosse impossibile decidere tra le due e le due e un quarto di una notte di rabbia di cambiare casa, famiglia, regione. Ricordo vagamente il silenzio di Giulio. La sua faccia muta, la faccia che fa lui, tutta occhi, tipo quando rompe il vetro dello smartphone nuovo, che per lui, ligio ligio, è una tragedia. Ricordo, sì, che al moroso di mia zia, quando gli dissi che mi trasferivo a Benevento, venne da piangere.

Io no. Non capivo. Ero rincretinito. Da sotto gli strati di camicie e magliette e mutande, non sentivo niente. Mia madre deve aver provato a salvarmi, lei ci provava sempre, ma la mia mano sarà stata troppo debole. Ero troppo lontano per sentire. Per ascoltare. Troppo sotto. Ero morto.

Benevento, all'inizio, mi fece lo stesso effetto delle vacanze di Pasqua. Prime settimane: tutto tranquillo. Mangiavo un sacco. Fumavo un sacco. Telefonavo per ore a mia madre e le raccontavo solo la parte buona delle giornate, le scoperte che facevo in quell'Erasmus personale rubato alla sfiga. Le mandavo su WhatsApp canzoni mielose da gangster che tornava a morire a casa – quelle che a Emma non piacevano, che aveva sempre deriso. Fingevo di ascoltare i suoi consigli, ma non ci credevo. Non ci credevo che vivere fosse solo trovare un modo per portare il dolore con stile, possibilmente con arte, scollinare oltre il dolore e doverlo per forza attraversare per superarlo.

Cercavo altre strade. Altri trucchi. Altre truffe. Altre fughe. Altri sogni.

Mi piantavo davanti ai film fino a che vedevo fuori il respiro chiaro dell'alba. Fumavo in casa, accarezzando i braccioli della poltrona. Tutti i limiti che avevo accettato da sempre li abbandonai. Tutti. Mangiavo solo quello che mi piaceva e fino a quando non ne potevo più. Verdure neanche a parlarne. Frutta: piluccavo qualche fragolina di bosco, poi il resto di quello che provava a comprarmi mio padre rimaneva a fare muffa nel frigo. Di notte salivo in cucina e mi portavo giù il pane da tramezzini, la maionese, dei biscotti secchi con le nocciole che c'erano. Premevo con il pollice il tabacco nella pipa con il bocchino lungo e sottile, che ti portava in bocca un fumo fresco leggerissimo. Chattavo con una folla di fantasmi: ragazze brasiliane di cui conoscevo solo il filetto del tanga, contatti vecchi che faticavo ad associare a un ricordo reale. Arrivavano le tre, le quattro del mattino. Mi addormentavo girandomi sul fianco con il telefonino dietro la schiena e l'ultima battuta di un dialogo assurdo appiccicata alle dita. Mi svegliavo e non sapevo chi aveva messo i like alle foto di Emma. Guarderò dopo – pensavo. E invece avevo qualcos'altro da fare, qualcun altro con cui parlare, e veniva il mattino del giorno successivo senza che lo sapessi ancora.

A scuola ero in una classe tutta femminile. Il primo giorno le mie compagne erano state molto gentili, poi già dal successivo si erano fatte i cavoli loro. A parte due, che facevano filone con me il sabato mattina. La professoressa di italiano sembrava un mastino, ma in realtà era una buona persona. Si mise a parlare dei problemi di Benevento; spiegò che la sera non era sicura. Disse alle mie compagne che avrebbero dovuto fare autodifesa, così sarebbero state più tranquille.

In realtà la città era pacificissima, così pacifica che mi stava buttando flemma in tutte le cellule. La domenica mi alzavo piano piano a mezzogiorno e per le 13,30 ero a pranzo a casa dello zio Antonio. La zia Laura spremeva tutto il succo di quella terra piena di sapori e alla fine pulivamo la bocca con lo Strega.

Mi fecero il regalo di portarmi allo stadio, che equivaleva a darmi la cittadinanza onoraria o ammettermi a un rito tribale d'iniziazione. Mi insegnarono come si faceva a tifare il Benevento. Mi raccontarono qualcosa della corruzione nella serie B. Una volta che andai allo stadio in curva, un tizio incazzato nero per precedenti che non avevo ben capito mi tirò in mezzo a progetti di vendette tra tifoserie a base di bombe carta con dentro le lame dei taglierini. E io tifavo il Benevento come se fosse stata la Lazio e vivevo come se non avessi avuto ricordi.

Ma lì era la regola. C'era una dolce pietà per tutto e per tutti, in particolare per chi inciampava e si faceva male e restava indietro, per i deboli, per il fragile puntaspilli che ci tiene vivi tutti sanguinando fino ai capelli, fino ai piedi, insanguinandoci in tutto il nostro corpo senza corazza.

Urlavo anch'io per salutare Margherita, il signore della drogheria, il cioccolataio napoletano.

Guardavo dal finestrino basso del bagno del quarto piano i bambini in piazza che giocavano.

Ero nato lì. Ero uno di loro, anche se le sigarette mi rubavano il fiato. Giulio era uno di loro. Matteo era un amico loro. Mi sembrava di vedere la mamma che ci guardava da un finestrino basso e sorrideva. E accarezzava Alice che scalciava. E sorrideva.

C'era una dolcezza irreale che mi tramortiva, mi intontiva.

Ero spaesato. Stupefatto.

Mi ero fermato come un orologio automatico. Era ovvio che mi aspettava una botta per farmi ripartire.

Era ovvio che sarebbe stata una botta bestiale.

La passeggiata della domenica tra i boschi di quelle montagne vecchie e tonde la saltai perché nessuno ce la fece a svegliarmi prima delle undici e mezza, ma la festa degli ultrà del Benevento era di sera e non me la persi. Fecero un carosello pazzo e farlocco nel parcheggio dello stadio. Mi ritrovai in mezzo a gente che saltava, fumogeni, spintoni. Il capo ultrà ubriaco si mise a urlare:

«Quest'anno abbiamo fatto molti sacrifici, ma l'anno prossimo dobbiamo fare ancora meglio... Dobbiamo metterci il cuore...».

Me ne andai con uno a mangiare in una specie di kebabberia, poi tornammo in uno spiazzo vicino allo stadio, dove una decina di ragazzi tra i venti e i trent'anni facevano un giro di birra e canne. C'era quello molto rilassato, quello molto gasato, il mio amico con gli occhi a palla come al solito, che dopo aveva il coraggio di dirmi che fumavo troppe sigarette e mi sarei ritrovato presto attaccato a un respiratore. Come la dottoressa di mio padre, che un paio di giorni prima mi aveva beccato con più di cento battiti per il non dormire eccetera e mi aveva fatto un cazziatone agitando lo stetoscopio. Con il risultato che per farmi passare l'angoscia avevo fumato tre volte tanto.

C'erano anche lì quelli severi e ligi, ma erano eccezioni.

Il professore di francese ci portava in classe i biscotti fatti in casa con la marmellata delle albicocche del suo orto. «Mangiate, mangiate, che dovete crescere...». Io ricambiavo leggendo «je suìs», con la 's' ben calcata: un colpo di scimitarra. Neanche quello avevo imparato. Ma avevo fame dei suoi biscotti. Avevo bisogno di zucchero, di marmellata, di bontà, di tranquillità, di voci e fiati intorno.

Di pietà umana. Di indulgenza. Jamm jà.

Avevo perso una guerra.

Ero scappato.

Non avevo più regole.

Inventavo giri alla scoperta dei quartieri di quella città piccola e semplice. In poco tempo ero in confidenza con più della metà dei baristi. Euro su euro in decaffeinati. In realtà pagavo le parole che ci scambiavamo, i sorrisi che mi facevano, il fatto di poter avere il coltello dalla parte del manico per qualche minuto.

Le droghe erano l'unica cosa che mi faceva paura. Non distinguevo tra pesanti e leggere. Avevo il terrore che i fantasmi che si dondolavano nel buio della mia stanza mi potessero venire davanti a cento, a mille.

La medicina dell'oblio era evidentemente un lusso per i già sani, i già forti.

Uno dei primi giorni che ero giù mi ero trovato davanti un essere che mai me lo sarei visto a rollare qualcosa che non fosse uno scontrino. Mi aveva beccato che stavo seduto sullo schienale di una panchina, gli auricolari negli orecchi con Enzo Dong che stava mandando a morire un Higuain. La sigaretta in bocca. La collanona d'oro di Giovanni De Carmine. Il berretto nero con il bollino che splendeva nel sole grandioso di fine aprile. Il pacchetto di Davidoff bianche con la scritta svolazzante che si intravedeva dalla cerniera aperta del taschino.

Mi ritornò nell'orecchio una voce stridula che non era la mia mentre gli facevo ripetere la richiesta, a 'sto personaggio incredibile, che somigliava vagamente a mio nonno. Anche l'età era quella di mio nonno. Faccia a posto. Occhio tranquillo. Giacca e camicia. Buone maniere.

«Che, o tieni nu poco 'e hashìs?».

Così mi disse.

«Hashìs», con l'accento sulla i.

Era pure simpatico. Si fermò a chiacchierare una mezz'ora buona. Era di Salerno. Mi fece un sacco di feste perché mi tenevo alla larga dalle droghe. Disse che erano veramente una roba pessima, che sapeva di gente che si era ritrovata completamente distrutta. Solo per l'hashìs aveva una sorta di tenerezza dolente, di nostalgia romantica. Ogni tanto si faceva una canna, mi spiegò, «pe pazzia' nu poco».

Gli spiegai subito dove trovare quella fessura che aveva scoperto – beato lui – per scappare dalla prigione che gli piangeva dentro.

18

La storia con Emma mi aveva distrutto, ma di quel cumulo di biancheria sporca e carte di merendine che ero stavo ridiventando padrone. E a lei pensavo sempre di meno.

Finché rispuntò Samantha.

Non so cos'aveva. Appena mi calmavo un attimo, spuntava lei.

Ogni volta. Fino alla fine.

Il suo numero mi comparve sul telefono verso le sei del pomeriggio. Scesi le scale e mi rintanai nell'angolo dello stanzone vuoto al secondo piano. Samantha disse che era già da qualche giorno che mi voleva chiamare.

Immaginavo. Lo immaginava la vampa di caldo che stava cominciando a correre dentro quei tubi rossi e blu del manichino anatomico che ero diventato.

Ecco, le cose successe dopo non mi viene da ricordarle come una successione di eventi con un prima, un dopo, una mattina, un pomeriggio.

La memoria balbetta.

Mi vedo in mezzo alla piazza che piglio in mano il cellulare numero uno e ci urlo dentro riempiendo di insulti tutti quelli che si girano a guardarmi.

Poi, boh.

C'è un grumo di cose che si confondono e prendono tutte, alla fine, lo stesso colore indefinito dell'angoscia.

La verità è che ho provato a morire e non ci sono riuscito. Il resto sarebbe una storia inventata e io non ho voglia di mettermi a tentare di dire quello che chissà quanti hanno detto meglio di me.

Ci ho provato a Benevento la volta che quella montagna umana, che vendeva droga per smettere di essere un contadino come erano tutti i suoi, mi ha messo in mezzo a una storiaccia che aveva con un mio amico e ha aspettato che mi girassi per colpirmi da dietro: un pugno alla testa che mi ha fatto vibrare i piedi e dopo ho visto nero per un tempo che so solo che era troppo. Mi sono rimasti due buchi vicini sulla sporgenza destra del cranio, come il morso di una vipera.

Ci ho provato quando stare da solo e parlare solo con i polpastrelli sullo smartphone per troppo tempo mi aveva ridotto a uno spettro, e mi sembrava che di notte il tendone pesante davanti al mio letto frusciasse, e vedevo balenare sagome sottili e veloci, e lasciavo la luce accesa, ma quei lampadari vecchi pesanti di cristalli facevano una luce grigia piena di ombre, e allora mi chiudevo in bagno e mi buttavo nella vasca, sotto la coperta bianca della schiuma, e stavo lì sconvolto ad aspettare i rumori del mattino.

Ci ho provato quando tempestavo di chiamate un amico di Samantha agli arresti domiciliari, un ragazzo di ventitré anni di origini calabresi ultrà dell'Inter (la tifoseria gemella della Lazio), che mi insegnava come funzionano i gironi infernali della curva e cosa puoi trovare se sei deciso a cercare. L'unico che fu sempre particolarmente gentile con me. Le sole alleanze mai tradite – imparai anche questo – erano quelle tra ultrà tifosi.

Ci ho provato la volta che sono tornato a casa da un campeggio in un campo da calcio sotto il sole, dopo una notte passata sveglio tra pance che schiumavano birra di gente che aveva minimo dieci anni più di me. Era ora di pranzo e non c'era nessuno a cui poter dire che stavo male, peggio, molto peggio del male di ogni giorno, e sono riuscito a trascinarmi fino al letto e ci sono svenuto sopra, e quella volta alle quattro del mattino mi sono svegliato, tastandomi per vedere se c'ero ancora.

Ci ho provato quando il giro dei miei nemici si era ingrossato a dismisura e nella zona di Ciampino avevo non so quante persone non proprio tranquille che mi minacciavano, perché lì da Emma la delinquenza fioriva e con un passaggio di due, massimo tre amicizie concatenate arrivavi a certi ceffi che vedi in foto sui giornali, e al nipote di uno di quelli mi sono messo a gridare al telefono «Zingari bastardi!».

Ci ho provato, se non ogni giorno, almeno ogni settimana, almeno una volta. E ancora adesso, a volte – ma più piano, più in segreto – ci provo.

Ho le pupille troppo grandi: ci cadono dentro più cose di quelle che dovrebbero. Non sono, e non sono mai stato, del tutto tranquillo, del tutto sereno, del tutto felice. Anche in quei giorni d'estate in cui la gente si butta sulle spiagge ed è caldo e c'è il sole e c'è profumo di creme al cocco e granite alla fragola, io sento le sirene delle ambulanze e mi viene una malinconia che farei qualsiasi cosa pur di non sentirla. Ogni volta ne passano almeno tre quattro e lì dentro c'è di sicuro un disgraziato con il respiro che non gli viene e gli occhi che vedono nero e le mani che non le riesce a muovere e anche se è una volta sola a me pare terribile. Invece di godermi l'estate, è a quello che mi viene da pensare.

19

Ciampino, di nuovo

Non c'era un adesso e non c'era un poi. Passavo tutta la giornata appeso ai telefonini. Per insultare un ex di Emma, per rispondere a uno che si incazzava, ai genitori di lei che mi chiamavano, per sentire Samantha, o i suoi amici, o Regina, o il buon Vito. Imparai a fare più chiamate in contemporanea, mettendo uno in pausa. Per lo più litigavo. Con la migliore amica di Emma, con il tizio con cui si era messa, Niccolò. Con l'altro, il fidanzato di un paio di sere, che l'aveva filmata mentre era accucciata tra le sue gambe: un video venuto da schifo, nero e mosso, che Samantha mi aveva insegnato a interpretare. Con l'amico di Niccolò, un certo Michele. Con l'amico delinquente dell'amico di Niccolò, e intanto continuavo a dire di tutto a lei con entrambi i numeri. Il primo che bloccò fu Giovanni. Poi mi bloccò anche l'altro telefonino. Allora mi inventai di usare il fisso di mio padre, che ha il numero privato. La chiamavo di notte e mettevo in sottofondo la colonna sonora di un horror. Ma la domanda che le faceva più paura era: «Perché non mi dici la verità?». Per colpa di quella domanda, credo, non per altro, cambiò tre numeri di telefono, ma mi bastava un attimo per trovare qualcuno che mi desse quello nuovo.

Intanto si avvicinava il giorno in cui avrei dovuto incontrare tutte quelle persone con cui era guerra da settimane. Per parlare. Mi avevano detto vediamoci sull'Appia Antica. Io non avevo voluto fare domande. Avevo risposto che sì, che certo, che mi andava proprio di parlare.

Eccolo, il bar della stazione. È come spalancare il portoncino di casa, mentre spingo la porta a vetri su cui sono incollati gli adesivi di Vodafone, Tim, Wind, Sky, l'orario di apertura e la scritta, stampata su un foglio bianco orizzontale: OGGI, 12,30, DERBY ROMA-LAZIO.

I campanellini della porta non si sentono nemmeno: c'è la pubblicità e mentre sul maxischermo passa la canzone della Tim che ormai si sa a memoria, tutti si alzano, vanno a ordinare un'altra birra, una coca, un panino, si aprono un pacchetto di gomme che cominciano a masticare a bocca aperta.

Totti, Milinkovic, Basta, De Rossi. Batte il cuore solo a vederli.

Ieri il moretto con i capelli ricci, chiattolillo, che però è un fenomeno a segnare, ha fatto tripletta in piazza. È un piccolo Maradona quello. Un giorno voglio chiedergli quanti anni ha.

Il bar ha due maxischermi divisi per squadra, per non fare casino.

Mi giro verso la serie di pizzette, panini e tramezzini. Ordino solo un decaffeinato al tipo del bancone, che me lo consegna senza guardarmi in faccia. Ha un occhio rivolto allo schermo e l'altro alla cassa che apre e chiude in automatico.

Mi faccio largo tra sciarpe rosse e oro, maglie azzurre, aquile e lupe che allattano. Finisco nella veranda, quella chiusa con il telone chiaro impermeabile dove qualche mese prima si poteva sentire musica e c'era il karaoke.

Trovo un tavolo buono per sedermi, lontano dal fascio di

luce che entra a colpire come una lama. C'è caldo, anche se passa l'aria. Una cimice è ferma accanto al posacenere. La gente intorno a me fuma, i cellulari quasi non si vedono.

Mancano più di due ore all'appuntamento.

Oggi dobbiamo vincere.

Ho una confusione micidiale dentro. È il giorno clamoroso che uno può anche evitare e camperà tutta la vita senza sapere cosa ci avrebbe trovato dentro. Sono settimane che lo confeziono.

Stanotte ho dormito anche meno del solito, perché il treno non potevo perderlo, e prima c'era la corriera per Napoli. Era proprio l'alba, alle sette. Mentre ascoltavo il tacco degli anfibi battere il ritmo verso il piazzale delle corriere, il cuore mi andava così veloce che mi tremava il davanti della giacca di pelle da "tigre". Avevo appena speso 40 euro per una scatola di sigari. Se c'è una cosa che so, è che in certi momenti bisogna avere gli occhi lucidi di tabacco forte.

Per il resto, non ho capito. Se sono io che ho sbagliato più del normale. Se sono gli altri che fanno meno cose del normale. Forse siamo solo tipi che corrono dietro un pallone che schizza e a volte sembra telecomandato e fa gol con i tuoi piedi.

Guardo su youtube il volo della nostra aquila per lo stadio: mi mette sempre i brividi. Come si stacca dal braccio di cuoio del suo addestratore, come ritorna dopo aver roteato prendendo a sberle l'aria per andare più forte.

Immobile oggi non c'è, maledetta influenza. Mi sono pettinato come lui: i capelli ce li abbiamo uguali, io solo più color miele. Al suo posto c'è quel gigante nero di Lukaku. Speriamo bene.

Sarebbe stato bello vedere Cirù con la smorfia della vittoria in faccia davanti alla curva che si agita.

Quei contropiedi mi travolgono, quel dondolare del pendolo della fortuna ora di qua ora di là.

Anche gli altri imprecano, soffriamo insieme come se fossimo in curva.

E, finalmente: Keitaaaaa! Keitaaaaa!

La pantera Keitaaaaaa!

Keitaaaaa!

Non è un gol: è un presagio.

Se oggi va bene, va bene anche a me.

Stringo i pugni. Ho le mani fredde.

Le sgranchisco solo alla fine del primo tempo.

Il gol della Roma mi svuota, sento il bisogno dell'ennesima sigaretta.

Il tipo seduto alla mia sinistra polemizza di brutto contro la simulazione di Strootman che ha portato al rigore.

Gli chiedo se ha da accendere.

«Come no», fa.

Tuffa la mano in tasca, mi porge l'accendino. Sopra c'è una donnina seminuda. Simpatico.

Mi avvicino, aspiro, sento il graffio del fumo in gola.

Distendo il mio pacchetto di Marlboro verso lui e gli altri vicino, che pescano una sigaretta ciascuno.

«Ce vole! Piacere, Massimo».

«Ma che Massimo?», fa un altro. «Er Capoccia. Qua o chiamano tutti così. È che se vole fa' bello…».

«Ma a te te chiamano er Cipolla. Un motivo ce sarà…», e si rivolge a me ridendo.

Gli stringo la mano.

«Io sono Alessandro».

«Da 'ndo vieni? Perché se sente che non sei de qua… Napoli?».

«Vicino. Benevento».

Basta essere scambiato per uno del nord.

«E che cazzo ce sei venuto a fa' in 'sto posto demmerda? Qua tutti sperano de annassene».

«Ecco», fa er Cipolla ghignando con un sorriso cavallino. «È arrivato er filosofo… Quello che fino a du' giorni fa stava a spaccià la merda ai regazzini».

«Parli te che te sei rubbato i gioielli da vecchietta co' la scusa de imbucaje a spesa ncasa…».

Massimo mi punta gli occhi negli occhi.

«Ma 'nvedi questo. Ma che cazzo sta a dì? Ma te pare che faccio 'na porcheria così? Guardame 'nfaccia… Te sembro de 'sta razza bastarda dei giallozozzi?… Io non so stracciarolo come voi che c'ho bisogno de fà 'ste porcherie…».

«Vabbo' daje, basta litigà. Mo' offro io er primo giro. Daje, Alessa', vie' a beve co' noi».

Ci muoviamo in tre.

«Voi per caso la conoscete Emma Maglione?», provo a dire. «Quattordici anni… Sorella di Fabrizio…».

Massimo resta sovrappensiero.

«Se me ce fai pensà bene, 'na pischella che se chiamava Emma a conoscevo, però nun è de qua».

Er Cipolla tira su il collo.

«Ah sì, mortacci de Pippo! Mo' me ricordo! Emma! Stavo a scola co' quer frocio de su' fratello. Mortacci sua, proprio handicappato quello!».

E lì comincia a parlare del fratello di Emma, racconta qualche aneddoto di scuola fino al momento della sua espulsione. Poi però ricomincia la partita e la tachicardia e torniamo a rivolgerci tutti verso Fazio, Szczesny, Parolo, Dzeko, Salah, i passaggi, gli ostacoli, i muri e le deviazioni e praticamente non ci parliamo più.

Al cinquantesimo segna Basta. Poi ancora una volta Keita, ed è quella decisiva, perché dopo poco lo schermo si riempie della corsa, dei salti e degli abbracci biancocelesti, delle ginocchia a terra, degli sguardi dritti al cielo, e il bar esplode di urla e strombettate di noi tifosi dell'aquila. Per tutti i minuti del dopopartita negli schermi passano le immagini al rallentatore dello slancio da pantera di Keita, orizzontale tra giallorossi con le mani sulla testa, e del serbo che sembra uscito da *Arancia Meccanica*. La corsa con i capelli biondissimi metà al vento, metà attaccati alla faccia.

Ho caldo. Ho bisogno di muovermi.

Spingo un paio di romanisti mosci per uscire prima.

Attraverso la strada.

Vado a sedermi sulle panchine della stazione.

Non c'ho quasi fiato.

Anche all'ombra della pensilina sembra di essere in una giornata di giugno. Non c'è quasi nessuno. Saranno tutti a pranzo o a festeggiare. C'è solo un tipo magro con la canotta nera, che se ne sta a trafficare con il cellulare.

L'avevo visto anche prima. Ha dei tatuaggi inconfondibili. Alcuni dalle spalle gli si aggrappano sulle tempie nude. Impossibile non guardarli.

Mi sta venendo incontro. Spero non abbia equivocato.

«Te c'eri anche al bar», mi dice.

«Alla partita? Sì».

Non mi guarda: solo a tratti butta da sotto in su un'occhiata nera, pesante.

«Lazio o Roma?».

«Lazio».

«Nun so' tutti boni», ghigna.

«Che partita demmerda», fa ancora.

Si tira fuori dalla tasca dei jeans un pacco di tabacco e si siede. Comincia a rollare una canna. Mi fa un cenno automatico.

«No, grazie».

Dev'essere tra i venti e i trent'anni.

Lo guardo aspirare un po'. È così magro che il suo cranio è spigoloso. Fisico stupendo: spalle larghe, bicipiti tondi, la maglietta che gli balla sulla pancia.

«Graziano», fa.

«Alessandro».

«Magnifici i tuoi tatuaggi», aggiungo.

«Grazie». Sorride, ma gli occhi non perdono la cupezza.

«Tre li ho fatti a Cuba», mi spiega. «'St'artri qua me l'ha fatti n'amico mio. Sta in un posto demmerda, ma lui è teribbile. Vengono a cercarlo pure dal centro».

«Ci credo! Quante sedute per farli?».

«Pe' questo…». Indica quello che dal collo gli si arrampica sulla testa: un intreccio nero di uncini con spruzzi di inchiostro rosso mogano. «Sei».

«Cazz».

«Questo, invece, 'npo' meno. Quattro».

Appoggia la mano sul torace, vicino all'apertura della canotta, dove sporge una piccola coda di rettile.

«Sai per cosa sta la salamandra?».

«È quella che passa nel fuoco senza morire, no?».

«Bravo!».

Mi stringo nelle spalle.

«Rinascita e trasformazione. Me lo so' fatto tre anni fa». Espira il fumo lentamente. «Quando è morto mio padre».

«Mi spiace», soffio.

E mi dispiace davvero: per quello che gli vedo sulle pupille, un tatuaggio che conosco troppo bene.

Continua a fumare appoggiando gli avambracci sulle ginocchia. «Era un grande lui». Ridacchia. «Scopava pure a ottant'anni passati…». Sorride, ma il sorriso gli s'incastra sul viso e deve fargli male. Sopra gli occhi gli spunta un velo grosso, che per fortuna non si stacca.

Ci resto secco: come a veder piangere il leone allo zoo.

«Ho cominciato a fumà 'sta roba quando se n'è andato. Serve a farmela passare un po'».

La spegne e si rimette il resto in tasca.

«Ecco. Mo' basta».

Poi si volta verso di me. La piccola croce dell'orecchino gli tintinna.

«E tu? Per cos'è che stai qua?».

Risposta automatica. «Ho un appuntamento. Tra poco».

«C'hai la pischella?».

Lo guardo.

«Non proprio».

Mi guarda. Deve aver capito.

«Stai 'npicciato».

Non me lo chiede, lo afferma.

E io, a questo punto, gli parlo. Tanto, lui o un altro, cosa cambia? Cosa cambia se batti sulla spalla di uno o di un altro dei guerrieri di pietra della Grande Muraglia?

Racconto tutto. Senza problemi.

Delle telefonate, delle minacce. Dell'appuntamento da cui mi separa un'altra mezz'ora scarsa.

Metto la mano in tasca dove sento il piccolo corpo freddo del coltello.

Quando Graziano capisce chi mi sono tirato contro, gli occhi gli brillano.

«Pezzi demmerda», dice tra i denti.

Anche lui comincia a raccontare. Siamo due rapper che cercano di rubarsi le rime.

Quelli sono venuti dopo e da quando ci sono loro è tutto cambiato. Hanno solo soldi in testa. Zero etica. Zero correttezza. Si sono messi contro suo padre e gli altri. Che invece c'avevano un onore.

Mi mette una mano sulla spalla.

«Vediamo se ci sto io con te», mi fa. «Vediamo che te fanno…».

Si alza.

«Sta' attento qua».

Va verso un cestino di ferro appeso al muro, fortunatamente vuoto, serra le dita e poi lascia andare un pugno che lo sfonda completamente.

Il fondo rimane a penzolare nel vuoto mentre lui torna a sedermisi accanto.

Mi racconta che ha fatto boxe, anche se è un po' che ha smesso.

«Con quanti è che ti devi vedere?», chiede.

«Non so neanch'io. Ho litigato con tanti di quelli…».

Eppure non avevo paura. Sentivo un vuoto dentro che non era paura. Poteva venirmi contro una legione, tutto l'esercito dei Persiani, tutta l'orda degli zombie.

«Tu sta' bono qua», fa l'altro. «Vedi la faccia che fanno quanno te vedono che stai co' me…».

Così si ferma e aspettiamo. Aspettiamo. L'orologio del tempo avanza di un passo e torna indietro di due.

Graziano pesca di nuovo la canna di prima per fare qualche tiro e mi racconta del pugilato e del perché ha smesso. Della sua famiglia. Di quel padre e del fratello, boss nostrani, e di quando suo zio è stato beccato durante una retata e l'hanno messo dentro, e da allora erano quattro anni che si faceva la galera. Un giorno sì e uno no lui riceveva minacce da quelli dei clan nemici. Vermi con il guscio d'oro. Che meritavano di restargli attaccati alla suola degli stivali.

Sento che gli vibra il cellulare.

Fa un gesto di rabbia.

«Du' minuti eh…».

«Figurati».

Guarda il numero.

«Gio', dimme».

«Eh?».

«Che cazzo stai a di'! N'atra volta! Io nun ce credo! S'è fatto beve ancora quer cojone?».

«Ma quand'è che è successo?».

«Come sabato? Ma se sabato stavamo insieme ar bar de Mariolino…».

«Sì, ma… ma questo che c'ha ner cervello? S'è fumato pure quello?».

«Io non me metto più co' questo a fa' l'inpicci…».

«Sì, dàje. Mo' me movo. Mo' arivo…».

Chiude la telefonata. Respira a fondo. Mi parla a voce più bassa di quanto abbia fatto al telefono.

«C'è un cojone che ha combinato un casino».

Lo sguardo gli torna malinconico.

«Me dispiace, regazzi', ma non te posso proprio aiutà».

Lo so che non è una scusa. Anche lui è nei guai, e i guai quando arrivano pestano, pestano.

Sempre quelli, sempre nello stesso punto.

Lo rassicuro. Non è un problema. È stato un piacere lo stesso.

Sorrido.

Si gira e mi abbraccia. Un abbraccio stretto e secco da pugile.

Lo guardo girarsi un'ultima volta ad alzare la mano e poi sparire.

Mi controllo l'orecchino finto.

Sono di nuovo solo.

20

Ciampino, il finale

Mentre li vedo da lontano, penso al primo tatuaggio che mi farò. Uno scorpione, il mio segno. Sul collo, con l'ampolla che sbuca dal colletto della camicia. Me lo devono fare lucidissimo e scuro com'è nella realtà, che sembra unto d'olio.

O sul polso, vediamo.

Dietro le lenti dei Ray-Ban non riesco ancora a contarli, ma vedo che c'è anche un cane.

Quattro.

Cinque.

Sei.

Un maciste largo il triplo di me, muscoli da belva smussati dal grasso.

Il cane è un piccolo pitbull nero, c'è una tipa biondissima a tenerlo al guinzaglio.

Niccolò è quello con i capelli di pochi millimetri, parecchio alto pure lui, ma con i bernoccoli delle ossa che sporgono sulle spalle.

Come ha fatto Emma a finire con uno così? Mentre cammina, sembra che sbandi.

Tuffo la mano in tasca. Sento il freddo del temperino affilatissimo scivolarmi tra le dita.

Tiro fuori la scatola dei sigari e l'accendino.

Qua non si può stare – mi sfidano.

Vogliono vedere se c'ho il coraggio.

È coraggio andare verso l'Appia Antica con loro? Incamminarmi sui ciottoli dove battevano gli zoccoli dei cavalli degli imperatori?

Dopo un centinaio di metri, Niccolò si blocca. Gli altri, senza parlare, si mettono in cerchio intorno.

Aveva ragione il papà di Graziano: fanno schifo.

«E falla sta' fferma 'sta pantegana!», urla Niccolò alla bionda, dopo aver tirato un calcio in direzione del cucciolo, che però lo scansa. Lei si piega verso il pitbull. Mentre si inginocchia, le si vede il taglio dell'inguine sotto gli hotpants attillati. È splendida.

Tengo il sigaro tra le dita. Ci avvicino la fiamma, aspiro in una nuvola di fumo. A grandi boccate, trionfali, sorridendo. È un tabacco che non vale neanche la metà di quello che è costato.

Ho le vene colme dell'anestetico di tutte quelle emozioni disperate che, dopo averti scarnificato, alla fine ti tolgono tutto, anche la paura. A un certo punto è come se ogni cosa se ne andasse e rimanesse solo la perfezione gelida dei tuoi nervi.

Sfilo lentamente gli occhiali. Punto le pupille addosso a ciascuno di loro. Ai due moretti secchi. Al maciste di 1,90. Alla bionda.

Poi passo agli occhi di Niccolò. Sono azzurro morto da drogato. Samantha mi ha detto che è figlio di una che è in galera per spaccio e suo padre non si sa neanche se l'ha mai conosciuto.

La bionda adesso lo guarda. Il maciste ha le braccia incrociate, un sorriso da scemo stampato in faccia.

Mi avvicino ancora a Niccolò.

Mi metto il sigaro in bocca.

«Allora?», dico, piano. «Che cazzo vuoi?».

Niccolò ghigna. Guarda gli altri. Gioca in casa, lui.

«Che pensi de famme paura?».

Anche la sua voce è volgare, monotona. Dal vivo più che al telefono.

Aspiro un'altra volta, a lungo. Tengo il fumo in bocca.

«Ti ho chiesto che cazzo vuoi».

Niccolò si avvicina.

Alzo il mento e gli soffio in faccia il fumo. Una nuvola ampia, ancora tiepida del mio fiato.

Non so dire bene che espressione abbia fatto, perché subito sento la testa che mi si piega indietro e un sapore caldo di ruggine in bocca.

Quando riprendo l'equilibrio, passo la punta della lingua all'interno della bocca, mentre sento il labbro gonfiarsi.

Il maciste ha smesso con il suo sorriso da scemo.

Riprendo lentamente il sigaro.

Non dico niente.

Gli torno davanti.

Fumo.

«Non eravamo qua per parlare?», gli dico, anche se mi fanno ridere, le parole. Non servono a niente. Né a convincere, né a spiegare, né a consolare.

Di nuovo. La testa mi si piega all'indietro e stavolta la bocca mi si allaga di sangue. Lo sento tra i denti, mi impasta la lingua, le orecchie cominciano a fischiarmi.

Dev'essere stata la ragazza a cacciare un urlo.

Mi rimetto dritto di nuovo.

Potrei andargli contro fino a domani, come un elastico, fino a restare senza più sangue. Ci hanno provato tutti a fermarmi: Mario, la mamma di Emma, Samantha. Mia madre. I padroni di queste periferie sbandate: quelli che Graziano giustamente odia.

Il cucciolo abbaia, la bionda tira il guinzaglio e strilla: «Daje, Nic, basta! Mo' basta! Lascialo sta'!».

Vedo le sue tette che ballano nella maglietta aderente.

Mi secca troppo che lo faccia per pietà, anche se alla sua pietà ci credo: piange.

Niccolò negli occhi non ha espressioni. Neanche rabbia. Neanche odio. Si gira verso di lei.

Io sto fermo. Immobile. Guardo lui e i pini marittimi storti dietro, piegati come se qualche gigante li avesse spinti a spallate verso sinistra.

Infilo la mano in tasca.

Non mi sono mai sentito così saldo nel mio corpo, anche se il labbro continua a sanguinarmi.

Tiro fuori il pacchetto delle sigarette.

Glielo offro sorridendo.

E allora succede quello che non avrei mai previsto. Il cerchio a poco a poco si disfa. Il maciste mi piazza una pacca sulla schiena.

«Oh», mi fa. «Sei 'ngrande!».

Gli altri ragazzi adesso quasi mi sorridono.

Anche la bionda si avvicina. Una cucciolina dell'età di Emma. Mi passa un fazzoletto per fermare il sangue.

«To'. Te stai a sporcà tutta la giacchetta».

Mi premo il fazzoletto sulla bocca, intanto guardo il cucciolo di pitbull che gira in tondo intorno alle sue caviglie, attorcigliandosi il guinzaglio alle zampe, e cerca in tutti i modi di mordicchiarle le dita. Lei continua a prenderlo in giro e ad affondargli le unghie dipinte di fucsia dietro le orecchie, facendogli il solletico. Ha il pelo scuro lucidissimo e gli occhi verdi.

Mi accovaccio.

«Che bello!».

«Bella», sorride lei, piegando la testa. «È 'na femmina».

«Avete gli occhi uguali».

«Ma che? Davero? Grazie chicco!».

Rialza lo sguardo.

«Com'è? T'è passato? Famme vedè…».

Guardo il fazzoletto che si è impregnato. Annuisco.

Nessuno capisce più niente. Io per primo.

Graziano sarebbe contento di me. Anche suo padre, criminale old style.

Giovanni De Carmine avrebbe fatto così. D'altronde, il nonno di suo nonno stringeva i patti mescolando il sangue palmo contro palmo con i suoi compari. Non era mica un malacarne…

La testa ha quasi smesso di girarmi. Non ho fame, anche se non ho mangiato, e nemmeno caldo come prima.

Per rialzarmi mi aggrappo a un aereo che passa.

«Mo' annamo a beve, daje!», fa la ragazza.

Gli altri mi prendono con loro e insistono per offrirmi qualcosa al bar. Neanche lo guardano, Niccolò. Hanno occhi solo per me.

Dunque, il finale.

Me lo volli assaporare tutto quel finale, allungare, stemperare, rallentare, rifare. Volli tornare per quella strada, rischiare di rivederla.

Sotto la sua finestra ebbi un guizzo di rabbia.

Cosa ci stanno a fare per terra i sassi, se non ad aspettare che la mano di uno che ha dentro tutta la rabbia del mondo gli si stringa intorno e poi quello pieghi il braccio dietro la testa e tiri più forte che può sentendo la spalla che si stacca? E cosa ci stava a fare, nel parco davanti a casa sua, la casa arancione di Emma, la casa arancione-Emma, quel cartello di plastica con scritto «Gioco rotto», se non per scriverci sopra il numero di cellulare di lei e tutto quello che si meritava? Eh?… Feci fondere la plastica con l'accendino e lo appiccicai al cancello del parco.

L'ultimo messaggio glielo scrissi dal treno.

Non riuscivo a fermarmi neanche se volevo.

Quando ero già a Napoli per prendere la corriera, Niccolò mi telefonò urlando che ero un bastardo, che l'avevo fatta stare malissimo, che piangeva, che si era tagliata.

E lì sparirono tutti. Ma proprio tutti. Ci fu come un'entropia generale, più che una vera e propria fine. Mi bloccarono anche Mario e Samantha. Rimase solo, ancora per un po', l'ultrà dell'Inter. Poi, una volta, lasciai passare troppo tempo prima di rispondergli e non ci siamo più sentiti. Chissà che fine avrà fatto. Ho visto che la sua pagina Instagram è stata cancellata.

Epilogo

Quando sono tornato a Verona, ai primi di luglio, avevo il cranio rasato come Graziano e bianco come uno spettro, con una lingua di capelli nel mezzo cementati dal gel.

Mia madre mi è venuta a prendere a piedi e non la si poteva abbracciare tanto Alice era cresciuta – infatti tre giorni dopo è nata, mentre io dormivo nella mia camera azzurra a prova di fantasma, da figlio, da fratello, da nipote.

Come ho dormito, quella notte, anche senza Giulio e Matteo, già traslocati al mare con il nonno e la zia! Mentre mia nonna aveva accompagnato la mamma in ospedale, che partoriva in punta di piedi per non svegliarmi.

Sognavo senza smettere. Nella novità di tutto. Di essere a Verona, a casa, con Alice minuscola che dormiva in sala nella carrozzina e il pulviscolo di luce bionda che filtrava dalle tende di seta. E nel sogno dormivo per tutte le ore e ore che mi ero torturato, con nelle orecchie le ninne nanne che la mamma canticchiava a un'Alice rosa cipria.

Li ho stampati davanti quei colori, così leggeri, delicati, inimmaginabili. Lo spartito di quei suoni, freschi anche nel caldo confusionario della città.

Non era felicità. Era il carillon del sollievo che mi stregava.

Ho continuato comunque a fumare come quando ero un forzato della solitudine per un paio di settimane circa.

Poi il farmacista mio amico si è inventato di darmi un cocktail di cinque rimedi omeopatici. Mi dispiaceva fargli pensare che non funzionassero e così ho diminuito a colpi di cinque sigarette per volta.

Adesso sto tra le sette e le quindici. A zero non arrivo neanche se vado a ciaspolare a Folgaria, o con la botta dei trentanove di febbre.

Non si rinasce mai del tutto, e non c'entra semplicemente l'orecchio sinistro che ci sente meno bene per quel pugno, o i due buchi in testa. Dovresti poter rinascere in un posto in cui anche gli altri intorno sono tutti rinati.

Allora sì sarebbe quasi bello. Invece lo sai che l'energia che ci è voluta a te per rinascere l'hai rubata a destra e a manca.

L'ho rubata a Giulio, e infatti lui, che adesso ha quasi la stessa età che avevo io quando mi facevo spappolare dall'amore e una faccia da sex-symbol, neanche si azzarda a mettersi con qualcuna. Gioca a calcio e a Capodanno va per i vicoli a scoppiare i botti. E a scuola è bravissimo. Fa il classico, ovviamente, con la media dell'8.

L'ho rubata a mia nonna, che non ha più tutta 'sta voglia di portarmi al suo paese a far vedere come sono cresciuto.

Al nonno, pure a lui, uomo sobrio, che ce ne voleva per riuscire a rubargli qualcosa.

A mio padre – e lo dico piano, pianissimo. Questa storia lui non la deve leggere proprio.

Matteo era minuscolo, per fortuna, ed è così buono che il suo porcellino salvadanaio è grasso come un mostro e riesce a nascondere ogni bruttura del globo.

Alice, ecco: lei è troppo furba, sembra vederci anche all'indietro, ma sono solo momenti e forse me li sogno io.

Mia mamma. Meglio che non ci pensi. Proverei a dedicarle questi ricordi, però non so. Non so se ha senso.

Per fortuna Aurora è nuova. Che fortuna.

Blu Atlantide

Tiffany McDaniel – *L'estate che sciolse ogni cosa*
pagine 384 – € 18,00 – Traduzione di Lucia Olivieri

Alessandro Valenti – *Ho provato a morire e non ci sono riuscito*
pagine 208 – € 15,00

Catrina Davies – *Mal di casa. Perché vivo in un capanno*
pagine 336 – € 18,00 – Traduzione di Paola De Angelis

I libri di Atlantide

Adriano Tilgher – *Filosofi antichi*
pagine 240 – € 30,00

Robert Nathan – *Ritratto di Jennie* (2ª ediz.)
pagine 144 – € 22,00 – Traduzione di Simone Caltabellota

Vittorio Accornero – *Tomaso*
pagine 72 – € 35,00 – illustrato

Ronald Fraser – *Fiori fantasma*
pagine 144 – € 22,00 – Traduzione di Federica Bigotti

Colin Wilson – *L'Outsider* (2ª ediz.)
pagine 400 – € 35,00 – Traduzione di Thomas Fazi

Nada Malanima – *Leonida* (5ª ediz.)
pagine 144 – € 20,00

Robert Nathan – *Viaggio sul fiume*
pagine 128 – € 20,00 – Traduzione di Gaja Cenciarelli

Daniel F. Galouye – *Il mondo sul filo*
pagine 256 – € 25,00 – Traduzione di Federico Lai

Theodore Sturgeon – *Godbody*
pagine 192 – € 24,00 – Traduzione di Marina Sirka Mosur

Vittorio Accornero – *Tomaso cacciatore*
pagine 72 – € 35,00 – illustrato

Adriano Tilgher – *Filosofi moderni*
pagine 240 – € 30,00

Colin Wilson – *Oltre i sogni. Autobiografia di un Outsider*
pagine 544 – € 35,00 – Traduzione di Enrico Bistazzoni

Henri Barbusse – *L'inferno*
pagine 288 – € 26,00 – Traduzione di Manuela Maddamma

Robert Nathan – *Così l'amore ritorna*
pagine 128 – € 20,00 – Traduzione di Gaja Cenciarelli

Tiffany McDaniel – *L'estate che sciolse ogni cosa* (10ª ediz.)
pagine 384 – € 26,00 – Traduzione di Lucia Olivieri

Matteo Trevisani – *Libro dei fulmini* (4ª ediz.)
pagine 176 – € 20,00

Irene Brin – *Il mondo. Scritti 1920-1965*
pagine 320 – € 30,00

Robert Nathan – *Clementine*
pagine 128 – € 20,00 – Traduzione di Gaja Cenciarelli

Jack Finney – *Amo Galesburg a primavera. Storie del tempo*
pagine 208 – € 24,00
Trad. di Federica Bigotti, Simone Caltabellota e Thomas Fazi

Vittorio Accornero – *Tomaso, caro Tomaso*
pagine 72 – € 35,00 – illustrato

Michael Frayn – *Sweet Dreams*
pagine 224 – € 24,00 – Traduzione di Enrico Bistazzoni

Chiara Lev Mazzetti – *Poesie*
pagine 112 – € 18,00

Margherita Loy – *Una storia ungherese* (3ª ediz.)
pagine 208 – € 20,00

Polly Clark – *Larchfield* (2ª ediz.)
pagine 352 – € 26,00 – Traduzione di Federica Bigotti

Barbara Cooney – *Miss Rumphius* (3ª ediz.)
pagine 32 – € 18,00 – Traduzione di Flavia Piccinni – illustrato

Tiffany McDaniel – *Il caos da cui veniamo* (4ª ediz.)
pagine 432 – € 28,00 – Traduzione di Lucia Olivieri

Robert Nathan – *Nina*
pagine 128 – € 20,00 – Traduzione di Gaja Cenciarelli

Tiffany McDaniel – *Queste voci mi battono viva*
pagine 288 – € 24,00 – Traduzione di Simone Caltabellota.
Con testo inglese a fronte

William Bolitho – *Dodici contro gli Dèi*
pagine 352 – € 30,00 – Traduzione di Enrico Bistazzoni e Thomas Fazi

Nada Malanima – *Il mio cuore umano* (2ª ediz.)
pagine 144 – € 20,00

Roberts Avens – *Heidegger, Hillman e gli angeli. Per una nuova gnosi*
pagine 192 – € 26,00 – A cura di Marco Filoni. Traduzione di Matteo Trevisani

Matteo Trevisani – *Libro del Sole* (2ª ediz.)
pagine 192 – € 20,00

Yani Hu – *Udon Noodle Soup. Cinque piccole storie d'amore*
pagine 128 – € 20,00 – Traduzione di Simone Caltabellota – illustrato

Nada Malanima – *Materiale domestico. Un'autobiografia 2019 - 1969* (2ª ediz.)
pagine 128 – € 20,00

Paul Broks – *Scura è la notte, luminose le stelle*
pagine 384 – € 30,00 – Traduzione di Michele Trionfera

Polly Clark – *Tigre*
pagine 352 – € 26,00 – Traduzione di Federica Bigotti

Robert Nathan – *Viaggio incantato*
pagine 128 – € 20,00 – Traduzione di Flavia Piccinni

Dara Horn – *Vita eterna*
pagine 272 – € 24,00 – Traduzione di Matteo Vignali

Margherita Loy – *La dinastia dei dolori* (2ª ediz.)
pagine 240 – € 20,00

Tiffany McDaniel – *Sul lato selvaggio* (3ª ediz.)
pagine 384 – € 26,00 – Traduzione di Luca Briasco

Anne Griffin – *Quando tutto è detto* (2ª ediz.)
pagine 288 – € 24,00 – Traduzione di Bianca Rita Cataldi

Sebastiano Nata – *Tenera è l'acqua*
pagine 224 – € 20,00

Finito di stampare
nel mese di luglio 2020
per conto di Edizioni di Atlantide srl
presso la tipografia Artigrafiche La Moderna - Roma